考試分數大躍進
累積實力
百萬考生見證
應考秘訣

根據日本國際交流基金考試相關概要

精修版

絕對合格
日檢必背閱讀

N1

新制對應！

吉松由美
田中陽子 ◎合著
大山和佳子

U0080422

山田社

開啟日檢閱讀心法，日檢實力大爆發！
只要找對方法，就能改變結果！
即使閱讀成績老是差強人意，也能一舉過關斬將，得高分！

為什麼每次日檢閱讀測驗都像水蛭一樣，不知不覺把考試時間吞噬殆盡！
為什麼背了單字、文法，閱讀測驗還是看不懂？
為什麼總是找不到一本適合自己的閱讀教材？

★ 日籍金牌教師編著，百萬考生推薦，應考秘訣一本達陣！！
★ 被國內多所學校列為指定教材！
★ N1 閱讀考題 × 日檢必勝單字、文法 × 精準突破解題攻略！
★ 左右頁中日文對照，啟動最有效的解題節奏！
★ 魔法般的三合一學習法，讓您樂勝考場！
★ 百萬年薪跳板必備書！
★ 目標！升格達人級日文！成為魔人級考證大師！

您有以上疑問嗎？

放心！ 不管是考前半年或是考前一個月，《精修版 新制對應絕對合格！日檢必背閱讀 N1》帶您揮別過去所有資訊不完整的閱讀教材，磨亮您的日檢實力，不再擔心不知道怎麼準備閱讀考試，更不用煩惱來不及完成測驗！

本書【4大必背】不管閱讀考題怎麼出，都能見招拆招！

☞ 閱讀內容無論是考試重點、出題方式、設問方式，完全符合新制考試要求。為的是讓考生培養「透視題意的能力」，做遍各種「經過包裝」的題目，就能找出公式、定理和脈絡並進一步活用，就是抄捷徑方式之一。

☞ 「解題攻略」掌握關鍵的解題技巧，確實掌握考點、難點及易錯點，說明完整詳細，答題準確又有效率，所有盲點一掃而空！

☞ 本書「單字及文法」幫您整理出 N1 閱讀必考的主題單字和重要文法，只要記住這些必考關鍵單字及文法，考試不驚慌失措，答題輕鬆自在！

☞ 「小知識大補帖」單元，將 N1 程度最常考的各類主題延伸單字、文法表現、文化背景知識等都整理出來了！只要掌握本書小知識，就能讓您更親近日語，實力迅速倍增，進而提升解題力！

本書【6大特色】內容精修，全新編排，讓您讀得方便，學習更有效率！閱讀成績拿高標，就能縮短日檢合格距離，成為日檢考證高手！

1. 名師傳授，完全命中，讓您一次就考到想要的分數！

　　由多位長年在日本、持續追蹤新日檢的日籍金牌教師，完全參照 JLPT 新制重點及歷年試題編寫。無論是考試重點、出題方式、設問方式都完全符合新日檢要求。完整收錄日檢閱讀「理解內容（短文）」、「理解內容（中文）」、「理解內容（長文）」、「綜合理解」、「理解想法（長文）」、「釐整資訊」六大題型，每題型各兩回閱讀模擬試題，徹底抓住考試重點，準備日檢閱讀精準有效，合格不再交給命運！

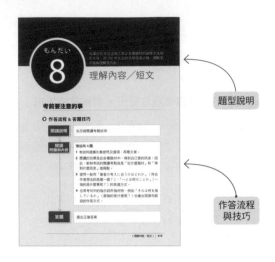

題型說明

作答流程
與技巧

2. 精闢分析解題，就像貼身家教，幫您一掃所有閱讀盲點！

閱讀文章總是花大把時間，還是看得一頭霧水、眼花撩亂嗎？其實閱讀測驗心法，處處有跡可循！本書把握專注極限 18 分鐘，訓練您 30 秒讀題，30 秒發現解題關鍵！每道試題都附上有系統的分析解說，脈絡清晰，帶您一步一步突破關卡，並確實掌握考點、難點及易錯點，所有盲點一掃而空！給您完勝日檢高招！！

題目與關鍵句　　　　　翻譯與解題

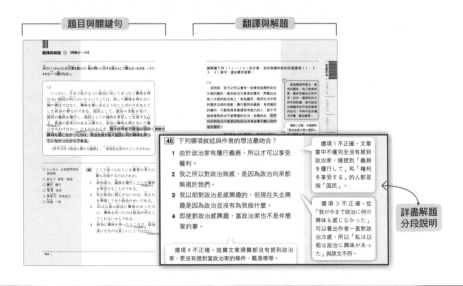

詳盡解題
分段說明

3. N1 單字＋文法，織出強大閱讀網，提升三倍應考實力！

　　針對測驗文章，詳細挑出 N1 單字和文法，讓您用最短的時間達到最好的學習效果！有了本書，就等於擁有一部小型單字書及文法辭典，「單字 × 文法 × 解題攻略」同步掌握閱讀終極錦囊，大幅縮短答題時間，三倍提升應考實力！

同級單字

文章中同級文法指示

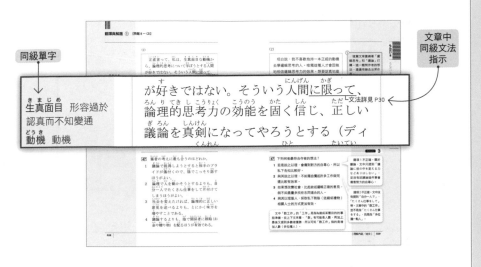

同級文法

4. 小知識萬花筒，讓您解題更輕鬆，成效卻更好！

　　閱讀文章後附上的「小知識大補帖」，除了傳授解題訣竅及相關單字，另外更精選貼近 N1 程度的時事、生活及文化相關知識，內容豐富多元。絕對讓您更貼近日本文化、更熟悉道地日語，破解閱讀測驗，就像看書報雜誌一樣輕鬆，實力迅速倍增！

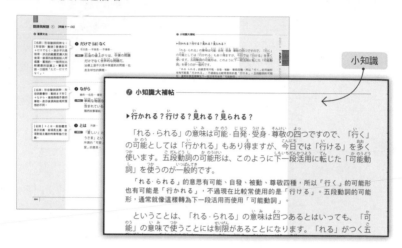

5. 萬用句小專欄，給您一天 24 小時都用得到的句子，閱讀理解力百倍提升！

　　本書收錄了日本人生活中的常用句子，無論是生活、學校、職場都能派上用場！敞開您的閱讀眼界，以後無論遇到什麼主題的文章，都能舉一反三，甚至能舉一反五反十，閱讀理解力百倍提升！

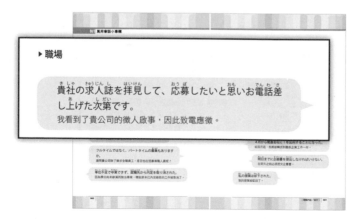

6.「中日對照編排法」學習力三級跳，啟動聰明的腦系統基因，就像換一顆絕對合格腦袋！

專業有效的學習內容是成為一本好教材的首要條件，但如何讓好教材被充分吸收，就要靠有系統的編排方式，縮短查詢、翻找等「學習」本身以外的時間。本書突破以往的編排，重新設計，以「題型」分類，將日檢閱讀題型分為「問題八」、「問題九」、「問題十」和「問題十一」、「問題十二」、「問題十三」六大單元。

模擬試題部分獨立開來，設計完全擬真，測驗時可以完全投入，不受答案和解析干擾。翻譯與解題部分以左右頁中日文完全對照方式，左頁的日文文章加上關鍵句提示，右頁對照翻譯與解題，讓您訂正時不必再東翻西找！關鍵句提示＋精確翻譯＋最精闢分析解說＝達到最有效的解題節奏、學習效率大幅提升！

別擔心自己不是唸書的料，您只是沒有遇到對的教材，給您好的學習方法！《精修版 新制對應絕對合格！日檢必背閱讀 N1》讓您學習力三級跳，啟動聰明的腦系統基因，就像換一顆絕對合格的腦袋！

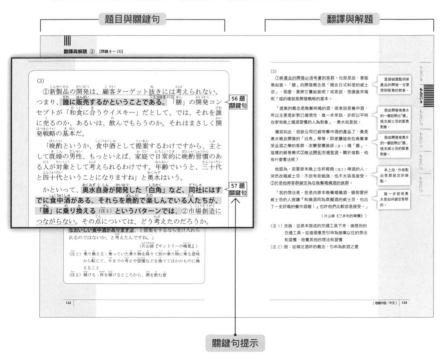

007

目錄
contents

新制對應手冊 ··· 09

問題 8　理解內容（短文）··· 19
　　　　模擬試題
　　　　答案跟解說

問題 9　理解內容（中文）··· 63
　　　　模擬試題
　　　　答案跟解說

問題 10　理解內容（長文）··· 133
　　　　模擬試題
　　　　答案跟解說

問題 11　綜合理解 ··· 165
　　　　模擬試題
　　　　答案跟解說

問題 12　理解想法（長文）··· 197
　　　　模擬試題
　　　　答案跟解說

問題 13　釐整資訊 ··· 235
　　　　模擬試題
　　　　答案跟解說

新「日本語能力測驗」概要

JLPT

一、什麼是新日本語能力試驗呢

1. 新制「日語能力測驗」

從 2010 年起實施的新制「日語能力測驗」（以下簡稱為新制測驗）。

1－1　實施對象與目的

新制測驗與舊制測驗相同，原則上，實施對象為非以日語作為母語者。其目的在於，為廣泛階層的學習與使用日語者舉行測驗，以及認證其日語能力。

1－2　改制的重點

改制的重點有以下四項：

1　測驗解決各種問題所需的語言溝通能力

新制測驗重視的是結合日語的相關知識，以及實際活用的日語能力。因此，擬針對以下兩項舉行測驗：一是文字、語彙、文法這三項語言知識；二是活用這些語言知識解決各種溝通問題的能力。

2　由四個級數增為五個級數

新制測驗由舊制測驗的四個級數（1 級、2 級、3 級、4 級），增加為五個級數（N1、N2、N3、N4、N5）。新制測驗與舊制測驗的級數對照，如下所示。最大的不同是在舊制測驗的 2 級與 3 級之間，新增了 N3 級數。

N1	難易度比舊制測驗的 1 級稍難。合格基準與舊制測驗幾乎相同。
N2	難易度與舊制測驗的 2 級幾乎相同。
N3	難易度介於舊制測驗的 2 級與 3 級之間。（新增）
N4	難易度與舊制測驗的 3 級幾乎相同。
N5	難易度與舊制測驗的 4 級幾乎相同。

＊「N」代表「Nihongo（日語）」以及「New（新的）」。

3　施行「得分等化」

由於在不同時期實施的測驗，其試題均不相同，無論如何慎重出題，每次測驗的難易度總會有或多或少的差異。因此在新制測驗中，導入「等化」的計分方式後，便能將不同時期的測驗分數，於共同量尺上相互比較。因此，無論是在什麼時候接受測驗，只要是相同級數的測驗，其得分均可予以比較。目前全球幾種主要的語言測驗，均廣泛採用這種「得分等化」的計分方式。

4 提供「日本語能力試驗 Can-do 自我評量表」（簡稱 JLPT Can-do）

　　為了瞭解通過各級數測驗者的實際日語能力，新制測驗經過調查後，提供「日本語能力試驗 Can-do 自我評量表」。該表列載通過測驗認證者的實際日語能力範例。希望通過測驗認證者本人以及其他人，皆可藉由該表格，更加具體明瞭測驗成績代表的意義。

1－3　所謂「解決各種問題所需的語言溝通能力」

　　我們在生活中會面對各式各樣的「問題」。例如，「看著地圖前往目的地」或是「讀著說明書使用電器用品」等等。種種問題有時需要語言的協助，有時候不需要。

　　為了順利完成需要語言協助的問題，我們必須具備「語言知識」，例如文字、發音、語彙的相關知識、組合語詞成為文章段落的文法知識、判斷串連文句的順序以便清楚說明的知識等等。此外，亦必須能配合當前的問題，擁有實際運用自己所具備的語言知識的能力。

　　舉個例子，我們來想一想關於「聽了氣象預報以後，得知東京明天的天氣」這個課題。想要「知道東京明天的天氣」，必須具備以下的知識：「晴れ（晴天）、くもり（陰天）、雨（雨天）」等代表天氣的語彙；「東京は明日は晴れでしょう（東京明日應是晴天）」的文句結構；還有，也要知道氣象預報的播報順序等。除此以外，尚須能從播報的各地氣象中，分辨出哪一則是東京的天氣。

　　如上所述的「運用包含文字、語彙、文法的語言知識做語言溝通，進而具備解決各種問題所需的語言溝通能力」，在新制測驗中稱為「解決各種問題所需的語言溝通能力」。

　　新制測驗將「解決各種問題所需的語言溝通能力」分成以下「語言知識」、「讀解」、「聽解」等三個項目做測驗。

語言知識	各種問題所需之日語的文字、語彙、文法的相關知識。
讀　解	運用語言知識以理解文字內容，具備解決各種問題所需的能力。
聽　解	運用語言知識以理解口語內容，具備解決各種問題所需的能力。

　　作答方式與舊制測驗相同，將多重選項的答案劃記於答案卡上。此外，並沒有直接測驗口語或書寫能力的科目。

2. 認證基準

　　新制測驗共分為 N1、N2、N3、N4、N5 五個級數。最容易的級數為 N5，最困難的級數為 N1。

與舊制測驗最大的不同，在於由四個級數增加為五個級數。以往有許多通過3級認證者常抱怨「遲遲無法取得2級認證」。為因應這種情況，於舊制測驗的2級與3級之間，新增了N3級數。

　　新制測驗級數的認證基準，如表1的「讀」與「聽」的語言動作所示。該表雖未明載，但應試者也必須具備為表現各語言動作所需的語言知識。

　　N4與N5主要是測驗應試者在教室習得的基礎日語的理解程度；N1與N2是測驗應試者於現實生活的廣泛情境下，對日語理解程度；至於新增的N3，則是介於N1與N2，以及N4與N5之間的「過渡」級數。關於各級數的「讀」與「聽」的具體題材（內容），請參照表1。

■ 表1 新「日語能力測驗」認證基準

	級數	認證基準 各級數的認證基準，如以下【讀】與【聽】的語言動作所示。各級數亦必須具備為表現各語言動作所需的語言知識。
困 難 ＊	N1	能理解在廣泛情境下所使用的日語 【讀】· 可閱讀話題廣泛的報紙社論與評論等論述性較複雜及較抽象的文章，且能理解其文章結構與內容。 · 可閱讀各種話題內容較具深度的讀物，且能理解其脈絡及詳細的表達意涵。 【聽】· 在廣泛情境下，可聽懂常速且連貫的對話、新聞報導及講課，且能充分理解話題走向、內容、人物關係、以及說話內容的論述結構等，並確實掌握其大意。
	N2	除日常生活所使用的日語之外，也能大致理解較廣泛情境下的日語 【讀】· 可看懂報紙與雜誌所刊載的各類報導、解說、簡易評論等主旨明確的文章。 · 可閱讀一般話題的讀物，並能理解其脈絡及表達意涵。 【聽】· 除日常生活情境外，在大部分的情境下，可聽懂接近常速且連貫的對話與新聞報導，亦能理解其話題走向、內容、以及人物關係，並可掌握其大意。
	N3	能大致理解日常生活所使用的日語 【讀】· 可看懂與日常生活相關的具體內容的文章。 · 可由報紙標題等，掌握概要的資訊。 · 於日常生活情境下接觸難度稍高的文章，經換個方式敘述，即可理解其大意。 【聽】· 在日常生活情境下，面對稍微接近常速且連貫的對話，經彙整談話的具體內容與人物關係等資訊後，即可大致理解。

＊容易↓	N4	能理解基礎日語 【讀】‧可看懂以基本語彙及漢字描述的貼近日常生活相關話題的文章。 【聽】‧可大致聽懂速度較慢的日常會話。
	N5	能大致理解基礎日語 【讀】‧可看懂以平假名、片假名或一般日常生活使用的基本漢字所書 寫的固定詞句、短文、以及文章。 【聽】‧在課堂上或周遭等日常生活中常接觸的情境下，如為速度較慢 的簡短對話，可從中聽取必要資訊。

＊ N1 最難，N5 最簡單。

3. 測驗科目

新制測驗的測驗科目與測驗時間如表 2 所示。

■ 表 2　測驗科目與測驗時間 ＊①

級數	測驗科目 （測驗時間）			
N1	語言知識（文字、語彙、文法）、讀解 （110 分）		聽解 （60 分）	→ 測驗科目為「語言知識（文字、語彙、文法）、讀解」；以及「聽解」共 2 科目。
N2	語言知識（文字、語彙、文法）、讀解 （105 分）		聽解 （50 分）	→
N3	語言知識 （文字、語彙） （30 分）	語言知識（文法）、 讀解 （70 分）	聽解 （40 分）	→ 測驗科目為「語言知識（文字、語彙）」；「語言知識（文法）、讀解」；以及「聽解」共 3 科目。
N4	語言知識 （文字、語彙） （30 分）	語言知識（文法）、 讀解 （60 分）	聽解 （35 分）	→
N5	語言知識 （文字、語彙） （25 分）	語言知識（文法）、 讀解 （50 分）	聽解 （30 分）	→

　　N1 與 N2 的測驗科目為「語言知識（文字、語彙、文法）、讀解」以及「聽解」共 2 科目；N3、N4、N5 的測驗科目為「語言知識（文字、語彙）」、「語言知識（文法）、讀解」、「聽解」共 3 科目。

　　由於 N3、N4、N5 的試題中，包含較少的漢字、語彙、以及文法項目，因此當與 N1、N2 測驗相同的「語言知識（文字、語彙、文法）、讀解」科目時，有時會使某幾道試題成為其他題目的提示。為避免這個情況，因此將「語言知識（文字、語彙、文法）、讀解」，分成「語言知識（文字、語彙）」和「語言知識（文法）、讀解」施測。

＊①：聽解因測驗試題的錄音長度不同，致使測驗時間會有些許差異。

4. 測驗成績

4－1　量尺得分

舊制測驗的得分，答對的題數以「原始得分」呈現；相對的，新制測驗的得分以「量尺得分」呈現。

「量尺得分」是經過「等化」轉換後所得的分數。以下，本手冊將新制測驗的「量尺得分」，簡稱為「得分」。

4－2　測驗成績的呈現

新制測驗的測驗成績，如表3的計分科目所示。N1、N2、N3的計分科目分為「語言知識（文字、語彙、文法）」、「讀解」、以及「聽解」3項；N4、N5的計分科目分為「語言知識（文字、語彙、文法）、讀解」以及「聽解」2項。

會將N4、N5的「語言知識（文字、語彙、文法）」和「讀解」合併成一項，是因為在學習日語的基礎階段，「語言知識」與「讀解」方面的重疊性高，所以將「語言知識」與「讀解」合併計分，比較符合學習者於該階段的日語能力特徵。

■ 表3　各級數的計分科目及得分範圍

級數	計分科目	得分範圍
N1	語言知識（文字、語彙、文法） 讀解 聽解	$0 \sim 60$ $0 \sim 60$ $0 \sim 60$
	總分	$0 \sim 180$
N2	語言知識（文字、語彙、文法） 讀解 聽解	$0 \sim 60$ $0 \sim 60$ $0 \sim 60$
	總分	$0 \sim 180$
N3	語言知識（文字、語彙、文法） 讀解 聽解	$0 \sim 60$ $0 \sim 60$ $0 \sim 60$
	總分	$0 \sim 180$
N4	語言知識（文字、語彙、文法）、讀解 聽解	$0 \sim 120$ $0 \sim 60$
	總分	$0 \sim 180$
N5	語言知識（文字、語彙、文法）、讀解 聽解	$0 \sim 120$ $0 \sim 60$
	總分	$0 \sim 180$

各級數的得分範圍，如表 3 所示。N1、N2、N3 的「語言知識（文字、語彙、文法）」、「讀解」、「聽解」的得分範圍各為 0 ～ 60 分，三項合計的總分範圍是 0 ～ 180 分。「語言知識（文字、語彙、文法）」、「讀解」、「聽解」各占總分的比例是 1：1：1。

N4、N5 的「語言知識（文字、語彙、文法）、讀解」的得分範圍為 0 ～ 120 分，「聽解」的得分範圍為 0 ～ 60 分，二項合計的總分範圍是 0 ～ 180 分。「語言知識（文字、語彙、文法）、讀解」與「聽解」各占總分的比例是 2：1。還有，「語言知識（文字、語彙、文法）、讀解」的得分，不能拆解成「語言知識（文字、語彙、文法）」與「讀解」二項。

除此之外，在所有的級數中，「聽解」均占總分的三分之一，較舊制測驗的四分之一為高。

4 － 3　合格基準

舊制測驗是以總分作為合格基準；相對的，新制測驗是以總分與分項成績的門檻二者作為合格基準。所謂的門檻，是指各分項成績至少必須高於該分數。假如有一科分項成績未達門檻，無論總分有多高，都不合格。

新制測驗設定各分項成績門檻的目的，在於綜合評定學習者的日語能力，須符合以下二項條件才能判定為合格：①總分達合格分數（＝通過標準）以上；②各分項成績達各分項合格分數（＝通過門檻）以上。如有一科分項成績未達門檻，無論總分多高，也會判定為不合格。

N1 ～ N3 及 N4、N5 之分項成績有所不同，各級總分通過標準及各分項成績通過門檻如下所示：

級數	總分		分項成績					
			言語知識 （文字・語彙・文法）		讀解		聽解	
	得分範圍	通過標準	得分範圍	通過門檻	得分範圍	通過門檻	得分範圍	通過門檻
N1	0～180分	100分	0～60分	19分	0～60分	19分	0～60分	19分
N2	0～180分	90分	0～60分	19分	0～60分	19分	0～60分	19分
N3	0～180分	95分	0～60分	19分	0～60分	19分	0～60分	19分

級數	總分		分項成績			
			言語知識 （文字・語彙・文法）・讀解		聽解	
	得分範圍	通過標準	得分範圍	通過門檻	得分範圍	通過門檻
N4	0～180分	90分	0～120分	38分	0～60分	19分
N5	0～180分	80分	0～120分	38分	0～60分	19分

※ 上列通過標準自 2010 年第 1 回(7月)【N4、N5 為 2010 年第 2 回(12月)】起適用。

缺考其中任一測驗科目者，即判定為不合格。寄發「合否結果通知書」時，含已應考之測驗科目在內，成績均不計分亦不告知。

4－4　測驗結果通知

　　依級數判定是否合格後，寄發「合否結果通知書」予應試者；合格者同時寄發「日本語能力認定書」。

■ N1, N2, N3

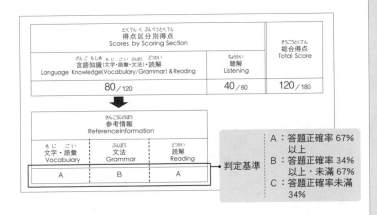

■ N4, N5

※ 各節測驗如有一節缺考就不予計分，即判定為不合格。雖會寄發「合否結果通知書」但所有分項成績，含已出席科目在內，均不予計分。各欄成績以「＊」表示，如「＊＊／60」。
※ 所有科目皆缺席者，不寄發「合否結果通知書」。

N1 題型分析

測驗科目 (測驗時間)			試題內容		
			題型	小題 題數 *	分析
語言知識、讀解	文字、語彙	1	漢字讀音 ◇	6	測驗漢字語彙的讀音。
		2	選擇文脈語彙 ○	7	測驗根據文脈選擇適切語彙。
		3	同義詞替換 ○	6	測驗根據試題的語彙或說法，選擇同義詞或同義說法。
		4	用法語彙 ○	6	測驗試題的語彙在文句裡的用法。
	文法	5	文句的文法 1 （文法形式判斷）○	10	測驗辨別哪種文法形式符合文句內容。
		6	文句的文法 2 （文句組構）◆	5	測驗是否能夠組織文法正確且文義通順的句子。
		7	文章段落的文法 ◆	5	測驗辨別該文句有無符合文脈。
	讀解 *	8	理解內容 （短文）○	4	於讀完包含生活與工作之各種題材的說明文或指示文等，約 200 字左右的文章段落之後，測驗是否能夠理解其內容。
		9	理解內容 （中文）○	9	於讀完包含評論、解說、散文等，約 500 字左右的文章段落之後，測驗是否能夠理解其因果關係或理由。
		10	理解內容 （長文）○	4	於讀完包含解說、散文、小說等，約 1000 字左右的文章段落之後，測驗是否能夠理解其概要或作者的想法。

	11	綜合理解	◆	3	於讀完幾段文章（合計 600 字左右）之後，測驗是否能夠將之綜合比較並且理解其內容。
	12	理解想法（長文）	◇	4	於讀完包含抽象性與論理性的社論或評論等，約 1000 字左右的文章之後，測驗是否能夠掌握全文想表達的想法或意見。
	13	釐整資訊	◆	2	測驗是否能夠從廣告、傳單、提供各類訊息的雜誌、商業文書等資訊題材（700 字左右）中，找出所需的訊息。
聽解	1	理解問題	◇	6	於聽取完整的會話段落之後，測驗是否能夠理解其內容（於聽完解決問題所需的具體訊息之後，測驗是否能夠理解應當採取的下一個適切步驟）。
	2	理解重點	◇	7	於聽取完整的會話段落之後，測驗是否能夠理解其內容（依據剛才已聽過的提示，測驗是否能夠抓住應當聽取的重點）。
	3	理解概要	◇	6	於聽取完整的會話段落之後，測驗是否能夠理解其內容（測驗是否能夠從整段會話中理解說話者的用意與想法）。
	4	即時應答	◆	14	於聽完簡短的詢問之後，測驗是否能夠選擇適切的應答。
	5	綜合理解	◇	4	於聽完較長的會話段落之後，測驗是否能夠將之綜合比較並且理解其內容。

＊「小題題數」為每次測驗的約略題數，與實際測驗時的題數可能未盡相同。此外，亦有可能會變更小題題數。

＊有時在「讀解」科目中，同一段文章可能會有數道小題。

＊符號標示：「◆」舊制測驗沒有出現過的嶄新題型；「◇」沿襲舊制測驗的題型，但是更動部分形式；「○」與舊制測驗一樣的題型。

資料來源：《日本語能力試驗 JLPT 官方網站：分項成績·合格判定·合否結果通知》。2016 年 1 月 11 日，取自：http://www.jlpt.jp/tw/guideline/results.html

Memo

在讀完包含生活與工作之各種題材的說明文或指示文等，約 200 字左右的文章段落之後，測驗是否能夠理解其內容。

理解內容／短文

考前要注意的事

▶ 作答流程 & 答題技巧

閱讀說明 → 先仔細閱讀考題說明

閱讀問題與內容 →
預估有 4 題

1 考試時建議先看提問及選項，再看文章。

2 閱讀的目標是從各種題材中，得到自己要的訊息。因此，新制考試的閱讀考點就是「從什麼題材」和「得到什麼訊息」這兩點。

3 提問一般用「筆者の考えに合うのはどれか」（符合作者想法的是哪一個？）、「～とは何のことか」（～指的是什麼事呢？）的表達方式。

4 也常考句中的指示詞所指何物，例如「それは何を指しているか」（那指的是什麼呢？）也會出現換句話說的作答方式。

答題 → 選出正確答案

次の（1）から（3）の文章を読んで、後の問いに対する答えとして最もよい
ものを、1・2・3・4から一つ選びなさい。

（1）

　いったい、今まで私のように政治に対してまったく興味を
持たない国民が何人かいたということは、決して興味を持た
ない側の責任ではなく、興味を奪い去るようなことばかりを
あえてした政治の罪なのである。国民として、国法の支配を
受け、国民の義務を履行（りこう）し、国民としての権利を享受して生
活する以上、普通の思考力のある人間なら、政治に興味を持
たないで暮らせるわけはない。にもかかわらず、我々が今ま
で政治に何の興味も感じなかったのは、政治自身が我々国民
に何の興味も持っていなかったからである。

（伊丹万作『政治に関する随想』、一部表記を改めたところがある）

46 ここで述べられている筆者の考えに最も合致するのはど
れか。

1 政治家は、義務を履行してこそ権利を享受することがで
きる。

2 私が政治に関心がないのは、私たちを無視してきた政治
のせいである。

3 私は以前は政治に興味があったのに、興味を失ったのは
政治が何もしてくれないからである。

4 政治に興味を持ったところで、政治家になるのは易しい
ことではない。

(2)

正直言って、私は、生真面目な動機から、論理的思考について学ぼうとする人間が好きではない。そういう人間に限って、論理的思考力の効能を固く信じ、正しい議論を真剣になってやろうとする（ディベートの訓練をしている人など、大抵そうだ）。だが、議論に世の中を変える力などありはしない。もし本当に何かを変えたいのなら、議論などせずに、裏の根回しで数工作でもした方がよほど確実であろう。実際に、本物のリアリストは、皆、そうしている。世の中は、結局は数の多いほうが勝つのである。

（香西秀信『論より詭弁　反論理的思考のすすめ』）

47　筆者の考えに最も合うのはどれか。

1　議論で説得しようとすると相手のプライドが傷付くので、陰でこっそり話すほうがよい。

2　論理で人を動かそうとするよりも、自分一人でたくさん仕事をして片付けてしまうほうがよい。

3　社会を変えたければ、論理的に正しい意見を述べるよりも、とにかく味方を増やすことである。

4　議論するよりも、陰で関係者に賄賂（お金や贈り物）を配るほうが有効である。

(3)

　現実に対する作者の態度の如何によって、種々の作品が生まれる。ある時代には、現実に対する多くの作者の態度がほぼ一定していて、同じ種類の作品が多く現れる。何某主義時代という文学上の時代は、そういう時期である。またある時期には、現実に対する作者の態度が四分五裂して、各人各様の態度をとり、したがって作品の種類も雑多になる。いわば (注) 無秩序無統制の時期であって、各種の主義主張が乱立する。現代はその最もよい例である。

　　　（豊島与志雄『現代小説展望』、一部表記を改めたところがある）

（注）いわば : 言ってみると

48 この文章の内容に最もよく合致するのはどれか。

1　現代は、作者の考え方がばらばらなので、文学も雑多なものが生まれている。

2　現代の文学は種類が雑多だが、いつかは何某主義時代といわれるようになるだろう。

3　現代の文学は、もっと秩序立って統制の取れたものにすべきである。

4　現代の文学は、作者の思想が多様なのでかつてないほど豊かである。

(4)

　将棋はとにかく愉快である。盤面の上で、この人生とは違った別な生活と事業がやれるからである。一手一手が新しい創造である。冒険をやってみようか、堅実にやってみようかと、いろいろ自分の思い通りやってみられる。しかも、その結果が直ちに盤面に現れる。その上、遊戯とは思われぬくらい、ムキになれる。昔、インドに好戦の国があって、戦争ばかりしたがるので、侍臣が困って、王の気持を転換させるために発明したのが、将棋だというが、そんなウソの話が起こるくらい、将棋は面白い。

（菊池寛『将棋』、一部表記を改めたところがある）

49 筆者は、将棋をなぜ面白いと言っているか。

1　現実の暮らしとは異なる生き方を試すことができるから

2　盤面の上で試してみたことが、現実の生活に現れるから

3　一手一手、相手を追いつめていく楽しみがあるから

4　いろいろやってみるうちに、上達するから

次の(1)から(3)の文章を読んで、後の問いに対する答えとして最もよいものを、1・2・3・4から一つ選びなさい。

---

(1)

　　いったい、今まで私のように政治に対してまったく興味を持たない国民が何人かいたということは、決して興味を持たない側の責任ではなく、興味を奪い去るようなことばかりをあえてした政治の罪なのである。国民として、国法の支配を受け、国民の義務を履行し、国民としての権利を享受して生活する以上、普通の思考力のある人間なら、政治に興味を持たないで暮らせるわけはない。にもかかわらず、我々が今まで政治に何の興味も感じなかったのは、政治自身が我々国民に何の興味も持っていなかったからである。

←關鍵句

(伊丹万作『政治に関する随想』、一部表記を改めたところがある)

□ いったい 此表疑問或怪罪語氣
□ あえて 硬是，勉強
□ 履行 履行
□ 享受 享受
□ 思考力 思考能力
□ 合致 一致

46 ここで述べられている筆者の考えに最も合致するのはどれか。

1　政治家は、義務を履行してこそ権利を享受することができる。

2　私が政治に関心がないのは、私たちを無視してきた政治のせいである。

3　私は以前は政治に興味があったのに、興味を失ったのは政治が何もしてくれないからである。

4　政治に興味を持ったところで、政治家になるのは易しいことではない。

請閱讀下列（１）～（４）的文章，並從每題所給的四個選項（１．２．３．４）當中，選出最佳答案。

（１）

　　説到底，至今之所以會有一些像我這樣對政治冷感的國民，絕非政治冷感者的責任，問題出在使人冷感的政治身上。身為國民，既然生活中受到國家法律的規範、履行國民的義務、享受國民的權利，只要是具有普通思考能力的人，就不可能過著對政治不感興趣的生活。話雖如此，我們向來對政治冷感是因為政治本身絲毫不關心我們這些國民。

（伊丹萬作《政治隨感》，更改部分表記）

46 下列哪項敘述與作者的想法最吻合？

1　由於政治家有履行義務，所以才可以享受權利。

2　我之所以對政治無感，是因為政治向來都無視於我們。

3　我以前對政治是感興趣的，但現在失去興趣是因為政治並沒有為我做什麼。

4　即使對政治感興趣，當政治家也不是件簡單的事。

もんだい8
もんだい9
もんだい10
もんだい11
もんだい12
もんだい13

像這種詢問看法、意見的題目，為了節省時間，最好用刪去法來作答。另外，選項和內文的字詞對應、換句話説在閱讀考試中是很重要的技巧，平時不妨多擴充字量、勤加練習。

選項2正確。文章提到「政治自身が我々国民に何の興味も持っていなかったからである」，作者認為之所以會造成國民對政治無感，都是政治本身的錯。

Answer　**2**

選項1不正確。文章當中不僅完全沒有提到政治家，連提到「義務を履行して」和「権利を享受する」的人都是指「国民」。

選項3不正確。從「我が今まで政治に何の興味も感じなかった」可以看出作者一直對政治冷感，所以「私は以前は政治に興味があった」與原文不符。

選項4不正確。這篇文章通篇都沒有提到政治家，更沒有提到當政治家的條件、難易等等。

✏️ 重要文法

【動詞普通形】＋以上（は）。前句表示某種決心或責任，後句是根據前面而相對應的決心、義務或奉勸的表達方式。有接續助詞作用。

❶ 以上（は）　　既然…、既然…、就…

例句 絶対にできると言ってしまった以上、徹夜をしても完成させます。

既然説絕對沒問題，那即使熬夜也要完成。

【名詞；形容動詞詞幹；[形容詞・動詞]普通形】＋にもかかわらず。表示逆接。後項事情常是跟前項相反或相矛盾的事態。也可以做接續詞使用。作用與「のに」近似。

❷ にもかかわらず

雖然…、但是…、儘管…、卻…、雖然…、卻…

例句 今朝あれだけ食べたにもかかわらず、もう腹が減っている。

早上雖然吃很多，但現在已經餓了。

【動詞て形】＋こそ。表示由於有前項強，才能有後項的好結果。

❸ てこそ　　只有…才（能）、正因為…才…

例句 自分でやってこそはじめてわかる。

只有自己親自做，才能瞭解。

【動詞た形】＋たところで～ない。表示即使前項成立，後項的結果也是與預期相反，無益的、沒有作用的，或只能達到程度較低的結果，所以句尾也常跟「無駄、無理」等否定意味的詞相呼應。另外句首也常與「いくら、たとえ」相呼應表示強調。後項多為説話人主觀的判斷。

❹ たところで～ない

即使…也不…、雖然…但不、儘管…也不…

例句 説明したところで、分かってもらえるとは思わない。

即使説明了，我也不認為能得到諒解。

ⓘ 小知識大補帖

▶ **兩個動詞複合為一的動詞**

～去る：（動詞の連用形に付いて）すっかり…する。
（…去：〈接在動詞連用形後面〉完全地…）

■ 捨て去る（毅然捨棄）

　思い切りよく捨てて、気にかけずにいる。
　下定決心捨棄，毫不在意。

　・過去の栄光なんて、とっくに捨て去った。
　　過去的榮耀我早就捨棄了。

■ 忘れ去る（徹底忘記）

　すっかり忘れて、二度と思い出さない。
　完全忘掉，再也想不起來。

　・憎しみを忘れ去るにはどうすればいいのだろう。
　　要如何才能徹底忘掉仇恨呢？

■ 拭い去る（擦掉；抹去）

　1.拭って汚れなどをすっかり取る。 2.汚点・不信感などを取り除く。
　1.將汙垢等完全擦掉。 2.除掉汙點、不信任等。

　・老後への不安を拭い去る。
　　抹去對於晚年的不安。

(2)

> 正直言って、私は、生真面目な動機から、論理的思考について学ぼうとする人間が好きではない。そういう人間に限って、論理的思考力の効能を固く信じ、正しい議論を真剣になってやろうとする（ディベートの訓練をしている人など、大抵そうだ）。だが、議論に世の中を変える力などありはしない。もし本当に何かを変えたいのなら、議論などせずに、裏の根回しで数工作でもした方がよほど確実であろう。実際に、本物のリアリストは、皆、そうしている。世の中は、結局は数の多いほうが勝つのである。

（香西秀信『論より詭弁 反論理的思考のすすめ』）

□ 生真面目 形容過於認真而不知變通
□ 動機 動機
□ 論理的 邏輯性的
□ 効能 功效
□ ディベート【debate】 辯論
□ 根回し 事前準備
□ リアリスト【realist】 現實主義者
□ プライド【pride】 自尊心・尊嚴
□ 賄賂 賄賂

文法詳見 P30

關鍵句

---

47 筆者の考えに最も合うのはどれか。

1 議論で説得しようとすると相手のプライドが傷付くので、陰でこっそり話すほうがよい。

2 論理で人を動かそうとするよりも、自分一人でたくさん仕事をして片付けてしまうほうがよい。

3 社会を変えたければ、論理的に正しい意見を述べるよりも、とにかく味方を増やすことである。

4 議論するよりも、陰で関係者に賄賂(お金や贈り物)を配るほうが有効である。

(2)

もんだい 8
もんだい 9
もんだい 10
もんだい 11
もんだい 12
もんだい 13

> 這篇文章圍繞著「邏輯思考」和「議論」打轉。這一題問作者的想法，建議用刪去法來作答。

坦白說，我不喜歡抱持一本正經的動機去學邏輯思考的人。唯獨這種人才會固執地相信邏輯思考力的效果，想要認真地進行正確的議論（接受過訓練辯論的人大多如此）。然而，議論並沒有改變世界的力量。如果真的想改變些什麼，就不要進行什麼議論，私底下事先協調好，多拉攏一些人才更有用吧？事實上所有真正的現實主義者都是這麼做。這世上到頭來還是多數者獲勝。

（香西秀信『與其議論不如詭辯 反邏輯思考的勸說』）

> 正確答案是選項 3。如果不清楚「数工作」是什麼意思，從最後一句的「数の多いほうが勝つ」也可以知道數量越多越好，這也呼應了「增やす」（增加）這個字詞。

Answer **3**

47 下列何者最符合作者的想法？

1 若是說之以理，會傷到對方的自尊心，所以私下告知比較好。

2 與其說之以理，不如獨自攬起許多工作做完還比較有效率。

3 如果想改變社會，比起敘述邏輯正確的意見，倒不如盡量多找些志同道合的人。

4 與其以理服人，採取私下賄賂（送錢或禮物）相關人士的方式更加有效。

> 選項 1 不正確。關於議論，文中只提到「議論に世の中を変える力などありはしない」，並沒有說議論這件事會傷害對方的自尊心。

> 選項 2 不正確。文中沒有提到「自分一人で」、「たくさん仕事をして」等。文章中的「数工作」並不是指「たくさん仕事をする」，而是指「多拉攏一點人」。

> 文中「数工作」的「工作」是指為達成某種目的的事前準備。從上下文來看，「数」有可能是人數，再加上最後又提到多數者獲勝，所以可知「数工作」指的是增加人數（多拉攏人）。

🖉 重要文法

【名詞】＋に限って、に限り。表示前項的情況，幾乎都會發生後項。特殊限定的事物或範圍。相當於「…だけは、…の場合だけは」。中文譯成：「只有…」、「唯獨…是…的」、「獨獨…」。

❶ に限って／に限り

只有…、唯獨…是…的、獨獨…

例句 言葉巧みに近づいてくる男に限って、下心がある。

就是那種滿嘴花言巧語接近妳的男人，絕對沒安好心。

「ありはしない」是由「といったらない」轉來的。表示程度非常高，高得難以形容。是口語表現。

❷ ありはしない　　根本不…、很難…

例句 あれほど美しい女性に出会うチャンスなど、二度とありはしないだろう。

那麼美的女孩，很難再碰到吧。

もんだい 8
もんだい 9
もんだい 10
もんだい 11
もんだい 12
もんだい 13

✐ 小知識大補帖

▶ 英語原文是「ist」結尾的外來語

這些表示「人」的外來語可以展現職業、主義、思想、生活方式等等。

日　語	英　語	意　思
バイオリニスト	violinist	小提琴家
ピアニスト	pianist	鋼琴家
ジャーナリスト	journalist	新聞工作者
スタイリスト	stylist	造型師
ソーシャリスト	socialist	社會主義者
コミュニスト	communist	共產主義者
ナショナリスト	nationalist	民族主義者
テロリスト	terrorist	恐怖主義者
ナルシスト	narcissist	自戀狂
ナチュラリスト	naturalist	自然主義者
モラリスト	moralist	道德家
エゴイスト	egoist	利己主義者
フェータリスト	fatalist	宿命論者
フェミニスト	feminist	女權主義者
ロマンチスト	romanticist	浪漫主義者

(3)

現実に対する作者の態度の如何によって、種々の作品が生まれる。ある時代には、現実に対する多くの作者の態度がほぼ一定していて、同じ種類の作品が多く現れる。何某主義時代という文学上の時代は、そういう時期である。またある時期には、現実に対する**作者の態度が四分五裂して、各人各様の態度をとり、したがって作品の種類も雑多になる。**いわば（注）無秩序無統制の時期であって、各種の主義主張が乱立する。**現代はその最もよい例である。**

（豊島与志雄『現代小説展望』、一部表記を改めたところがある）

（注）いわば：言ってみると

□ 種々　各種，各式各様
□ 四分五裂　四分五裂
□ 各人各様　各有各不同
□ 雑多　繁多
□ 秩序　秩序
□ 統制　將散亂事物加以統整
□ 乱立　混雑並列
□ かつて　過去

48 この文章の内容に最もよく合致するのはどれか。

1 現代は、作者の考え方がばらばらなので、文学も雑多なものが生まれている。

2 現代の文学は種類が雑多だが、いつかは何某主義時代といわれるようになるだろう。

3 現代の文学は、もっと秩序立って統制の取れたものにすべきである。

4 現代の文学は、作者の思想が多様なのでかつてないほど豊かである。

(3)

　作者對於現況的看法導致各種作品的應運而生。比方在某個時代當中，多數作者對於現況的看法幾乎一樣，便有相同類型的作品大量出現。文學史上被標注為某某主義的時代，就是屬於這樣的時期。然而，當某個時期的作者對於現況的看法眾多紛紜，每個人有其各自的觀點時，作品的種類便會變化繁多。亦即愈是無秩序、無管制的時期，各派學說主義愈是紛呈多彩。當代即為最好的例子。

　　　（豐島與志雄《現代小説展望》，更改部分表記）

（注）亦即：説起來就是

　這一篇文章主要是在説作者對於現況的看法會影響文學作品，而相同看法的多寡也會左右了該文學時期的命名。這一題問的是選項當中何者與原文內容相符合，這種題型同樣要用刪去法來作答。

　選項1對應到「作者の態度が四分五裂して」、「作品の種類も雑多になる」。文章最後說明「現代はその最もよい例である」。所以選項1正確。

Answer 1

48 下列何者和這篇文章的內容最為一致？

1 當代作者的想法各不相同，所以會產生各式各樣的文學作品。
2 當代文學種類繁多，有一天也許會被稱為某某主義時代。
3 當代文學應該要採取更有秩序、更有管制的作法。
4 當代文學由於作者思想的多樣性，所以有著不同以往的豐富度。

　選項2不正確。原文是説如果某時期很多作者對於現況的看法一樣，那麼同類型的作品也會有很多，該時期就會被定義成某某主義時代。不過現代文學種類雜多，不會被稱為「何某主義時代」。

　選項3也不正確。關於現代文學，原文只有形容是無秩序無統制，沒有評論它的好壞，更沒有要改善秩序或是管制。選項中的「すべき」也可以説成「するべき」。

　選項4不正確。文章中並沒有説現代文學比過去的文學還要更豐富。

📝 重要文法

> 【名詞（の）】＋如何によって（は）。表示依據。根據前面的狀況，來判斷後面的可能性。這裡的「によって」和「では」一樣，強調的是個別的情況，所以前面是在各種狀況中，選其中的一種，而在這一狀況下，讓後面的內容得以成立。

❶ 如何によって（は）

根據…、要看…如何、取決於…

例句 判定の如何によって、試合結果が逆転することもある。

根據判定，比賽的結果也有可能會翻盤。

📝 小知識大補帖

▶ 包含兩個數字的四字成語

成　語	解　釋
一期一会 十年修得同船渡	一生に一度しかないこと、特に出会い。茶道から来た言葉。 一生當中只有一次，特別是指邂逅。由茶道而來的語詞。
一石二鳥 一石二鳥	一つの行為によって、同時に二つの利益を得ること。 經由一個行為，同時得到兩個好處。
一長一短 有利有弊	長所もあれば短所もあること。 既有長處也有短處。
億万長者 億萬富翁	大金持ち。「億万」は、数が非常に多いことを表す。 大富翁。「億萬」用來表示數目非常多。
四苦八苦 千辛萬苦	大変に苦しむこと。仏教から来た言葉。 四苦は生・老・病・死を指し、八苦は四苦と愛別離苦・怨憎会苦・求不得苦・五陰盛苦を指す。 非常痛苦。由佛教而來的語詞。所謂四苦是指生、老、病、死，八苦是指四苦，再加上愛別離苦、怨憎會苦、求不得苦、五陰熾盛苦。

もんだい**8**

もんだい9

もんだい10

もんだい11

もんだい12

もんだい13

しちてんはっき **七転八起** 百折不撓	7回転んで8回起き上がる意から、何度失敗して もくじけずにやり抜くこと。 從摔倒7次，第8次就爬起來的意思，引申為不管失敗幾次都 不灰心，堅持到最後。
しちてんばっとう **七転八倒** 七顛八倒	7回も8回も転び倒れる意から、ひどい苦しみや 痛みで転げ回ること。 從摔倒7、8次的意思，引申為因為極度折磨或痛苦而不斷四 處翻滾。
じゅうにんといろ **十人十色** 一樣米養百樣人	考え方や好みなどが人によってそれぞれ違ってい ること。 每個人的想法或是喜好都有所不同。
しろくじちゅう **四六時中** 無時無刻	4×6＝24であることから、一日中。いつも。 從4×6＝24引申為一整天。總是。
せんざいいちぐう **千載一遇** 千載難逢	千年に1回しか会えないくらい、珍しいこと。 「千載一遇のチャンス」という使い方が多い。 千年只能見到一次的稀奇事物。用法多為「千載難逢的機 會」。
に にんさんきゃく **二人三脚** 兩人三腳	二人が横に並んで内側の足首を結び、三脚となっ て走る体育競技。また、そこからの比喩で、二者 が協力して物事を行うこと。 兩人並列，將內側腳踝綁起來，以三隻腳的狀態賽跑的體育競 技。此外，用這點來比喻兩人合力做事。
ゆいいつむに **唯一無二** 獨一無二	ただ一つだけで二つとないこと。 只有一個，沒有其他的了。

---

(4)

将棋はとにかく愉快である。盤面の上で、この人生とは違った別な生活と事業がやれるからである。一手一手が新しい創造である。冒険をやってみようか、堅実にやってみようかと、いろいろ自分の思い通りやってみられる。しかも、その結果が直ちに盤面に現れる。その上、遊戯とは思われぬくらい、ムキになれる。昔、インドに好戦の国があって、戦争ばかりしたがるので、侍臣が困って、王の気持を転換させるために発明したのが、将棋だというが、そんなウソの話が起こるくらい、将棋は面白い。

關鍵句

(菊池寛『将棋』、一部表記を改めたところがある)

□ 盤面 盤面
□ 事業 事業
□ 一手 指走一步將棋
□ 創造 創造
□ 堅実 扎實，踏實
□ 遊戯 遊戲
□ 思われぬ 不讓人覺得、
　不讓人相信（「思われない」の文語形）
□ ムキになる 為小事認真、動怒
□ 好戦 好戦
□ 侍臣 侍臣
□ 転換 轉換
□ 追いつめる 窮追不捨

49 筆者は、将棋をなぜ面白いと言っているか。

1　現実の暮らしとは異なる生き方を試すことができるから

2　盤面の上で試してみたことが、現実の生活に現れるから

3　一手一手、相手を追いつめていく楽しみがあるから

4　いろいろやってみるうちに、上達するから

(4)

　　總而言之，日本象棋就是樂趣十足，因為可以在盤面上開展出不同於真實人生的生活和事業。每一著棋都是全新的創造。可以施以險招巧取，亦可步步為營，端看自己想採取哪種策略，並且成果立刻會在盤面上顯現出來，甚至令人不僅只以區區一場遊戲看待，而會認真較勁起來。日本象棋的饒富趣味，甚而流傳了一則捏造的故事：很久以前，印度有個好戰之國，時常發動戰爭，國王的家臣深感困擾。為了讓國王能換個方式發洩對戰爭的熱衷，於是發明了象棋這個遊戲。

（菊池寬《日本象棋》，更改部分表記）

!　如果問題出現「なぜ」、「どうして」這些詢問原因的疑問詞，不妨留意文中的「ので」、「から」、「ため」。

　　解題關鍵在「将棋はとにかく愉快である。盤面の上で、この人生とは違った別な生活と事業がやれるからである」。「愉快」意思和「面白い」接近。選項中最符合這敘述的是選項1。

もんだい 8

もんだい 9
もんだい 10
もんだい 11
もんだい 12
もんだい 13

Answer　**1**

49　作者為何認為日本象棋很有趣呢？

1　因為可以嘗試和現實生活不一樣的生活方式

2　因為在盤面上試著做的事情，會在現實生活中實現

3　因為每一著棋都能享受到把對手逼到絕境的樂趣

4　因為多方嘗試會有所進步

　　選項2不正確，本文中並沒有提到「現実の生活に現れる」。

　　選項3雖然有提到「一手一手」，不過這是在説每一手都是全新的創造，作者並沒有説每一手都有對對手窮追不捨的樂趣。

　　由於本文當中沒有提到日本象棋能力進步的話題，所以選項4也不正確。

🕐 **小知識大補帖**

▶ 菊池寬
（きくちかん）

　　1888 年（明治 21 年） - 1948 年（昭和 23 年）。日本小説家、劇作家，出生於日本香川縣，本名菊池寬。曾參與第 3 期、第 4 期《新思潮》（文藝同人雜誌）的撰稿，除了他以外，還有山本有三、久米正雄、芥川龍之介等人，後來都相繼成名。菊池寬在 1923 年（大正 12 年）創辦發行雜誌《文藝春秋》，並在通俗小說界頗有成就。代表作品有《恩仇的彼岸》、《藤十郎之戀》、《父親歸來》等等。1935 年（昭和 10 年），他以芥川龍之介及直木三十五之名，分別設立了「芥川龍之介賞」（通稱：芥川賞）、「直木三十五賞」（通稱：直木賞），皆為日本現在備受矚目的文學獎。

もんだい **8**

もんだい **9**

もんだい **10**

もんだい **11**

もんだい **12**

もんだい **13**

▶由日本象棋而來的語詞

■ 高飛車 _{たか び しゃ} 高壓、強勢

「飛車」は将棋の駒の一つ。「高飛車」は本来、この飛車の駒を使った戦法の一つで、その戦法が攻撃的であることから、高圧的な態度をとることを意味するようになった。

日本象棋有個棋子叫「飛車」。「高飛車」原本是使用這個飛車棋的戰術之一。由於這個戰術帶有攻擊性，所以引申出「擺出高壓態度」的意思。

■ 成金 _{なりきん} 暴發戶

本来は、王将と金将以外の駒が相手の陣地に入って金将と同じ働きをするようになったものを指し、急に金将になることから、急に金持ちになることを意味するようになった。

原本是指除了王將、金將以外的棋子進入對手的陣地，發揮和金將一樣的功能。從「突然成為金將」這個狀態引申出「突然變成有錢人」的意思。

■ 王手をかける _{おうて} 即將獲勝、勝利在即、將軍

「王手」は相手の王将を直接に攻める手のことで、そこから転じて勝利まであと一歩という段階になることを意味するようになった。

「王手」（將軍）是直接攻擊對方主將的戰術，引申為「只差一步就即將獲勝」的意思。

次の文章を読んで、後の問いに対する答えとして、最も良いものを 1・2・3・4 から一つ選びなさい。

(1)

　就職支援を行う「内定 (注) 塾」では今年、入塾者数が昨年の200人から700人に大幅に増えた。同塾の柳田将司さんは、早く内定を取れる学生と、いつまでも内定の取れない学生の差をこう指摘する。「いかに早い段階で企業選びの着眼点を『社名』から『やりがい』や『大切にする価値観』に移行できるか。30歳になったとき、自分はこうありたい。それを実現できる企業を探すのが、本来の企業選びなんです」

（『親子が知らない「いい会社」55社』）

（注）内定：正式な発表の前に実質的な決定をすること、特に、企業が内密に採用の意志表示をすること

46　柳田将司さんがここで最も言いたいことは何か。

1　内定塾に来れば、早く内定が取れる。

2　企業を選ぶ上で重要なのは、企業の将来性である。

3　自分の将来像を実現できる企業を選ぶことがあるべき企業選びのかたちである。

4　『やりがい』や『価値観』よりも『社名』に注目するべきである。

(2)

　岩波文庫（注）は古今東西の古典の普及を使命とする。古典の尊重すべきは言うまでもない。その普及の程度は直ちに文化の水準を示すものである。したがって文庫出版については敬虔なる態度を持し、古典に対する尊敬と愛とを失ってはならない。私は及ばずながらもこの理想を実現しようと心がけ、一般単行本に対するよりも、さらに厳粛なる態度をもって文庫の出版に臨んだ。文庫の編入すべき典籍の厳選はもちろん、編集、校訂、翻訳等、その道の権威者を煩わして最善をつくすことに人知れぬ苦心をしたのである。

（岩波茂雄『岩波文庫論』）

（注）文庫：本を集めてしまっておくところ、また、小型の本のシリーズ名
　　　にも使われる

47　筆者はどのような考えで岩波文庫を出版しているか。

1　価値ある古典を広めんがため、謙虚な態度をもって微力を尽くしたい。

2　古典は売れないけれども、文化の水準を高めるために貢献したい。

3　文庫にどんな古典を収録するかがもっとも重要である。

4　編集、校訂、翻訳等を専門家にやってもらえれば、岩波文庫はもっとよくなるのだが。

(3)

　昨年のいつ頃だったかな、（中略）ホームに派手なピンクのカタマリのごとき車両が進入してきたときの驚きは忘れられない。

　車体の前面にいわゆる、「萌え」系の「美少女」たちがおもにピンク色のコスチュームにて狂喜乱舞しているところが描かれた車体広告なのだった。

　いい歳した大人としては目にするのも、乗り込むのも、何となく恥ずかしい車両だった。

　これが秋葉原（注）の中だけを走り回るバスかなんかだったら、べつだん何の文句もないけれど、ＪＲや地下鉄には様々な趣味趣向の持ち主が乗り込むわけである。

（『サンデー毎日』）

（注）秋葉原：東京都内にある電気製品の商店街、近年は「オタク」の街としても著名

48 筆者がここで最も言いたいことは何か。

1　派手なピンクの車両に乗り込むとき、狂喜乱舞するかのごとく胸が高鳴った。

2　広範囲を運行する公共交通機関は、乗客によっては当惑するような車体広告を描くべきではない。

3　様々な趣味趣向の人がいるから、車体広告をどのようにしようと自由である。

4　「美少女」が描かれた車体は、どんな年代の人にとっても恥ずかしくはあるが、喜ばしいものである。

(4)

　花園のたとえ話が示すように、社会の中で言語がどのように使われるべきかということを計画することもある程度必要になってくるのだが、これは言語政策と呼ばれている。言語学者の中には言語を人為的（じんいてき）に計画したり操作したりすることは不可能で、自然の流れに任せるしかないと考える人も多くいる。しかしながら、言語は社会の中において存在していることを考えると、程度の差はあれ、何らかの言語政策が行われていることも事実だ。その多くは、言語の構造、あるいは言語の使用について影響を与えるものである。

（東照二『バイリンガリズム』）

49 筆者がここで最も言いたいことは何か。

1　言語の使用を人為的に計画することはある程度必要だが、不可能である。

2　社会の中で使われる言語は言語政策によるべきである。

3　社会の中に存在している言語を操作する必要はない。

4　社会における言語の使用には、多かれ少なかれ人為が介在している。

次の文章を読んで、後の問いに対する答えとして、最も良いものを1・2・3・4から一つ選びなさい。

---

(1)

就職支援を行う「内定（注）塾」では今年、入塾者数が昨年の200人から700人に大幅に増えた。同塾の柳田将司さんは、早く内定を取れる学生と、いつまでも内定の取れない学生の差をこう指摘する。「いかに早い段階で企業選びの着眼点を『社名』から『やりがい』や『大切にする価値観』に移行できるか。30 ← 關鍵句
歳になったとき、自分はこうありたい。それを実現できる企業を探すのが、本来の企業選びなんです。」

　　　　　　　　　　（『親子が知らない「いい会社」55社』）

（注）内定：正式な発表の前に実質的な決定をすること、特に、企業が内密に採用の意志表示をすること

□ 内定　内定
□ 大幅　大幅度
□ 指摘　指出
□ いかに　如何地
□ 着眼点　著眼點，觀點
□ やりがい　意義，值得去做的價值
□ 移行　轉移

46 柳田将司さんがここで最も言いたいことは何か。

1 内定塾に来れば、早く内定が取れる。

2 企業を選ぶ上で重要なのは、企業の将来性である。　　文法詳見 P46

3 自分の将来像を実現できる企業を選ぶことがあるべき企業選びのかたちである。

4 『やりがい』や『価値観』よりも『社名』に注目するべきである。

請閱讀下列（１）～（４）的文章，並從每題所給的四個選項（１・２・３・４）當中，選出最佳答案。

（1）

　　經營就業輔導的「內定（注）補習班」，今年報名人數由去年的 200 人大幅增加為 700 人。該補習班的柳田將司先生對於很早就取得內定的學生，以及始終拿不到內定的學生，指出了二者的差別：「重點在於如何從一開始，就將選擇企業的著眼點，從『公司名稱』轉移到『工作成就感』與『重要的價值觀』。必須試想當自己 30 歲的時候，想要成為什麼樣的人。尋找能夠實現自我願景的公司，才是找工作的人在選擇公司時應有的態度。」

（《父母與孩子不知道的 55 間「好公司」》）

（注）內定：在正式公布前做出實質決定，特別是指公司內部已預先決定了錄用與否

這一篇是在説求職時應該將重點放在「工作成就感」和「價值觀」，而不是只在乎公司名氣。像這種詢問意見的題型，就要用刪去法來作答。

選項 3 正確。文中説明「30歳になったとき、自分はこうありたい。それを実現できる企業を探すのが、本来の企業選びなんです」。「それ」是指「30歳自己想要有的樣子」，也就是選項敘述中的「自分の将来像」。

Answer **3**

46 柳田將司先生針對這個問題最想表達的是什麼呢？

1 來內定補習班就能早點取得內定。
2 選擇公司最重要的一點，就是公司的發展性。
3 選擇公司時應有的態度是選擇能實現自我願景的公司。
4 比起『成就感』和『價值觀』，更應該著眼於『公司名稱』才對。

選項 1 不正確。文章並沒有説來「內定塾」就能盡早取得內定資格。反而是説很快就能拿到內定的學生都是憑「工作成就感」和「價值觀」這兩個條件來找工作。

選項 2 也不正確。文章當中提到選擇企業時只有舉出兩點：「やりがい」、「大切にする価値観」，並沒有提到「企業の将来性」。

選項 4 不正確。原文是説「いかに早い段階で企業選びの着眼点を『社名』から『やりがい』や『大切にする価値観』に移行できるか」，也就是「やりがい＆大切にする価値観＞社名」。

もんだい8
もんだい9
もんだい10
もんだい11
もんだい12
もんだい13

IIII

翻譯與解題 ② 【問題 8 − (1)】

重要文法

【名詞の；動詞辭書形】＋
上で（の）。表示做某事是
為了達到某種目的，用於
陳述重要事項、注意要點。

❶ 上で　在…之後、…以後、…之後（再）…

例句 誠実であることは、生きていく
上で大切だ。
秉持誠實是人生的重要操守。

小知識大補帖

▶派生語是什麼呢？──接上接頭辭、接尾辭的語詞

接頭語のつく派生語：いつも単語の「前」につく
接上接頭辭的派生語：一般放在語詞的「前面」

詞 性	單 字
名詞	お天気（天氣）、ご恩（恩惠）、ご苦労（辛苦）、す足（光腳）、ま四角（正方形）、ま昼（正中午）、み心（心情）、お茶（茶）
動詞	うちあげる（發射）、さしひかえる（節制）、そらとぼける（裝糊塗）、ひきはがす（撕下）、たなびく（〈煙霧〉繚繞）
形容詞	おめでたい（可喜的）、か弱い（柔弱的）、こ高い（略微高起的）、すばやい（敏捷的）、そら恐ろしい（莫名害怕的）、ま新しい（嶄新的）
形容動詞	お元気だ（有精神）、こぎれいだ（相當乾淨）、ごりっぱだ（出色）、大好きだ（最喜歡）

接尾語のつく派生語：いつも単語の「後」につく

接上接尾辭的派生語：一般放在語詞的「後面」

詞性	單字
名詞	暑さ（熱氣）、厚み（厚度）、先生がた（老師們）、田中さん（田中先生）、 眠け（睡意）、ぼくたち（我們）、私ども（我們）
動詞	汗ばむ（微微出汗）、学者ぶる（擺出學者架子）、苦しがる（感到痛苦）、 高める（提高）、春めく（春意盎然）
形容詞	油っこい（油膩的）、重たい（沉重的）、男らしい（有男子氣概的）、 子どもっぽい（幼稚的）、捨てがたい（難以捨棄的）
形容動詞	おあいにくさまだ（真不巧）、先進的だ（先進的）

(2)

岩波文庫（注）は古今東西の**古典の普及を使命とする。古典の尊重すべきは言うまでもない。**その普及の程度は直ちに文化の水準を示すものである。したがって文庫出版については敬虔なる態度を持し、古典に対する尊敬と愛とを失ってはならない。私は**及ばずながらもこの理想を実現しよう**と心がけ、一般単行本に対するよりも、さらに厳粛なる態度をもって文庫の出版に臨んだ。文庫の編入すべき典籍の厳選はもちろん、編集、校訂、翻訳等、その道の権威者を煩わして最善をつくすことに人知れぬ苦心をしたのである。

（岩波茂雄『岩波文庫論』）

（注）文庫：本を集めてしまっておくところ、また、小型の本のシリーズ名にも使われる。

關鍵句 < （右欄註記）
文法詳見 P50
關鍵句 <
文法詳見 P50

□ 古今東西　古今中外
□ 使命　使命，任務
□ 敬虔　虔敬
□ 持する　秉持，保持
□ 心がける　留心，銘記
□ 厳粛　嚴肅，肅穆
□ 臨む　面臨，面對
□ 編入　編入，排入
□ 典籍　典籍，書籍
□ 厳選　嚴選，慎選
□ 校訂　校訂，訂正
□ 権威　權威，權勢
□ 煩わす　麻煩，煩擾
□ 最善をつくす　竭盡全力
□ 人知れぬ　不為人知的

47 筆者はどのような考えで岩波文庫を出版しているか。

1 価値ある古典を広めんがため、謙虚な態度をもって微力を尽くしたい。
（文法詳見 P50）

2 古典は売れないけれども、文化の水準を高めるために貢献したい。

3 文庫にどんな古典を収録するかがもっとも重要である。

4 編集、校訂、翻訳等を専門家にやってもらえれば、岩波文庫はもっとよくなるのだが。

(2)

　岩波文庫（注）將推廣自古至今國內外的經典之作視為使命。經典之作必須受到尊重自然不在話下，而普及的程度即是反映出社會的文化水準。因此對於文庫系列的出版，必須秉持虔敬的態度，不可忘卻對經典之作的尊敬及珍愛。儘管敝人才疏學淺，仍將致力於實現這個理想，並以出版一般的單行本時，更為嚴肅的態度面對文庫版。從精選應納入文庫系列的典籍，乃至於編輯、校訂、迻譯諸項作業均央託各該領域之權威人士鼎力相助，殫精竭慮，以盡至誠。

（岩波茂雄《岩波文庫論》）

（注）文庫：收集並收藏書的地方，此外也使用
　　　於小開本的系列名稱

Answer 1

47 作者是依據何種理念出版岩波文庫的呢？

　1 為了推廣有價值的經典之作，抱持謙虛的態度願盡棉薄之力。
　2 經典之作雖然銷量不佳，但為提升文化水準希望有所貢獻。
　3 文庫最重要的是收錄什麼樣的經典之作。
　4 若能請到專家來做編輯、校訂、翻譯等事務，岩波文庫就能編得更好。

これ一題是作者在說明自己出版岩波文庫的態度、苦心。建議用刪去法作答。

選項1正確。對應「古典の尊重すべきは言うまでもない」、「古典の普及を使命とする」、「敬虔なる態度を持し」、「及ばずながらもこの理想を実現しよう」。

選項2不正確，作者並沒有表示經典之作銷量不好。

選項3不正確，「典籍の厳選」只是「最善をつくすこと」的其中一項，作者並沒有說它最重要。

原文提到「その道の権威者を煩わして最善をつくすことに人知れぬ苦心をした」，過去式「した」表示實際上有這樣做。選項4是假設句，所以不正確。

⚠ 重要文法

【名詞】＋はいうまでもない。 表示前項很明顯沒有說明的必要，後項較極端的事例當然就也不例外。是一種遞進、累加的表現，正、反面評價皆可使用。常和「も、さえも、まで」等相呼應。

❶ は言うまでもない

不用説…（連）也、不必説…就連…

例句 有名なレストランは言うに及ばず、地元の人しか知らない穴場もご紹介します。

不只是著名的餐廳，也將介紹只有當地人才知道的私房景點。

【名詞；形容動詞詞幹；形容詞辭書形；動詞ます形】＋ながらも。 表示逆接。表示後項實際情況，與前項所預料的不同。也就是前面的事情，和後面的事情，內容互相矛盾。

❷ ながらも　　雖然…但是…

例句 情報を入手していながらも、活かせなかった。

手中雖然握有情報，卻沒能讓它派上用場。

【動詞否定形（去ない）】＋んがため（に）、んがための。 表示目的。用在積極地為了實現目標的説法，含有無論如何都要實現某事，帶著積極的目的做某事的語意。

❸ 〜んがため（に）／んがための

為了…而…（的）、因為要…所以…（的）

例句 浮気現場を押さえんがために、彼女を尾行した。

因為要當場捉姦而跟蹤她。

【名詞】＋をもって。 表示行為的手段、方法、材料、中介物、根據、仲介、原因、進行的時間等；另外也表示限度或界線。

❹ をもって　　以此…、用以…；至…為止

例句 彼は自由を訴え、死をもって抗議した。

他為了提倡自由，而以死抗議。

小知識大補帖

▶遊戯：「古今中外」

日本に「古今東西」、またの名を「山手線ゲーム」というゲームがあります。準備するものは何もなく、二人以上いたらすぐに始められる手軽な遊びです。

日本有種遊戲叫「古今中外」，又名「山手線遊戲」。不用準備任何東西，只要有兩個人以上就能馬上玩，十分簡單。

遊び方（玩法）：

① スタートの人と、その人からどちら周りで答えていくかを決めます。

① 決定帶頭的人是誰，以及回答順序是要順時針還是逆時針。

② スタートの人がテーマを決めて該当する答えを一つ言います。たとえば、「古今東西、山手線の駅の名前。東京」と始めます。テーマは、誰でもいくつか答えを思いつくものでなければなりません。答えの数に限りのあるテーマを選ぶとよいでしょう。一般には、何かの範囲のものの名前に決めます。

② 帶頭的人決定好主題，並說出一個符合的答案。例如：「古今東西，山手線車站的名稱。東京」，就像這樣展開遊戲。主題必須是要大家都能想到好幾個答案的東西。最好是選擇答案有一定限數的主題。一般而言會選擇某個範圍的事物名稱。

③ ほかの人も順番にテーマに合う答えを言います。たとえば、上に続けて「新宿」「渋谷」などと答えていきます。

③ 其他人輪流說出符合主題的答案。例如，承接上題可以回答「新宿」、「澀谷」等一直玩下去。

④ テーマと合わない答えを言った人、テンポ良く答えられなかった人、前に出た答えをまた言ってしまった人は、負けです。負けた人に罰ゲームを課すこともあります。

④ 說出不符合主題的答案、沒掌握好回答速度、答案重複的人就算輸了。輸的人有時要接受懲罰。

⑤ 別のテーマでまたやるときには、負けた人から始めることが多いです。

⑤ 如果要換主題繼續玩，通常會從輸的人開始。

---

(3)
　昨年のいつ頃だったかな、（中略）ホームに派手なピンクのカタマリのごとき車両が進入してきたときの驚きは忘れられない。
　車体の前面にいわゆる、「萌え」系の「美少女」たちがおもにピンク色のコスチュームにて狂喜乱舞しているところが描かれた車体広告なのだった。
　いい歳した大人としては目にするのも、乗り込むのも、何となく恥ずかしい車両だった。
　これが秋葉原(注)の中だけを走り回るバスかなんかだったら、べつだん何の文句もないけれど、ＪＲや地下鉄には様々な趣味趣向の持ち主が乗り込むわけである。　〈關鍵句〉

（『サンデー毎日』）

（注）秋葉原：東京都内にある電気製品の商店街、近年は「オタク」の街としても著名

□ 萌え 流行語，極端喜愛之心情
□ 系 某類型的統稱
□ 狂喜乱舞 高興到忍不住跳舞
□ いい歳した 年紀不小的
□ 目にする 看
□ べつだん （後接否定表現）特別，格外
□ 持ち主 擁有者，持有人
□ オタク 御宅族
□ 胸が高鳴る （因喜悦或期待而）心臟怦怦跳
□ 当惑 為難，困惑

48 筆者がここで最も言いたいことは何か。

1　派手なピンクの車両に乗り込むとき、狂喜乱舞するかのごとく胸が高鳴った。　└文法詳見 P54

2　広範囲を運行する公共交通機関は、乗客によっては当惑するような車体広告を描くべきではない。

3　様々な趣味趣向の人がいるから、車体広告をどのようにしようと自由である。

4　「美少女」が描かれた車体は、どんな年代の人にとっても恥ずかしくはあるが、喜ばしいものである。

(3)

忘了是去年的什麼時候，（中略）有輛簡直是一大團鮮豔粉紅色的搶眼列車駛進月台，至今我仍無法忘記當時的震驚。

車頭繪有所謂的「萌」系「美少女」們身穿粉紅色的造型服飾，全湊在一起狂喜亂舞的模樣，也就是所謂的車身廣告。

這輛車讓我們這把年紀的成年人不管是觀看還是搭乘，都有股說不上來的難為情。

如果這是僅限於在秋葉原（注）一帶行駛的巴士之類的交通工具，我倒不會發什麼牢騷，但是來搭乘ＪＲ和地下鐵的人，每個人都有其不同的興趣嗜好。

（《SUNDAY 每日》）

（注）秋葉原：位於東京都內的電器製品商店街，近年以「御宅族」之街而聞名

> ⚠ 這篇文章是藉由搭乘「萌系美少女」車輛的經驗，抱怨大眾運輸工具的車身廣告應該要考慮到乘客的感受。這一題問的是作者的意見，要用刪去法來作答。

> 選項2對應最後一段：「これが秋葉原の中だけを走り回るバスかなんかだったら、べつだん何の文句もないけれど、ＪＲや地下鉄には様々な趣味趣向の持ち主が乗り込むわけである」，表示作者不認同這樣的車身廣告。這是正確答案。

Answer **2**

48 作者最想表達的是什麼呢？

1 搭乘搶眼的粉紅色車廂時，心臟會如狂喜亂舞之時一樣怦怦直跳。

2 運行於廣域範圍的公共交通工具，其車身廣告不應使乘客感到難為情。

3 由於每個人的興趣嗜好各不相同，所以車身廣告可以自由發揮。

4 各個年齡層的人對畫有「美少女」的車身都覺得難為情，但也看得很開心。

> 選項1不正確。「狂喜乱舞するかのごとく」是「狂喜乱舞するかのように」的生硬說法。文章當中並沒有說作者在搭乘粉紅色車輛時會很興奮，他反而是用「何となく恥ずかしい」來形容當時的心情。

> 選項3不正確。作者認為如果是在特殊地區也就算了，但若是ＪＲ、地下鐵等大範圍行駛的交通工具，作者就對於這樣的車身廣告感到不滿。

> 選項4不正確。文章中沒有「どんな年代の人にとっても」的相關敘述。而且作者對於「いい歳した大人」搭乘畫有美少女的車輛只感到「恥ずかしい」，並沒有說這些大人感到「喜ばしい」。

IIII

✐ 重要文法

【動詞辭書形】＋かのごとく。
好像、宛如之意，表示事實
雖然不是這樣，如果打個比
方的話，看上去是這樣的。
「ごとく」可以是「體言＋
ごとく＋體言」的形式，形
容「宛如…的…」；也可
以是「體言＋ごとく」的形
式，只用在負面的評價，
表示「像…那樣的…」。

❶ かのごとく　　就好像…

例句 彼女はまるで自分が姫様であるか
のごとく振舞っている。

她表現得好像她是公主一樣。

✐ 小知識大補帖

▶「目に」開頭的慣用句

慣用句	意思	例句
目に余る 看不下去	あまりにひどくてとても見ていられないほどである。 實在是過分到讓人無法繼續觀看。	あいつの横暴ぶりは、全く目に余る。 那傢伙蠻不講理的樣子簡直讓人看不下去。
目に浮かぶ 浮現眼前、想像得到	実際に見ているように、頭の中に想像する。 彷彿實際看到一般，在腦中想像。	それを知ったら、彼は喜ぶだろうなあ。目に浮かぶよ。 他如果知道那件事，應該會很開心吧？我能想像喔！
目に角を立てる 怒目而視	怒った目つきになる。 眼神帶有憤怒。	確かに悪かったのはこちらだけど、あんなに目に角を立てて怒ることはないと思うな。 錯的確是出在我身上，但也沒必要對我怒目而視吧？

慣用句	意味	例文
目にする 看	見る。 看。	インターネットのブログや掲示板（けいじばん）では、隠語（いんご）を目（め）にすることが多（おお）い。 網路部落格或留言板上常常可以看到網路語言。
目に付く 引人注目	目立（めだ）つ（悪（わる）いことについて使（つか）うことが多（おお）い）。 顯眼（通常用在做壞事上）	短所（たんしょ）ばかりが目（め）に付（つ）く。 只有缺點引人注目。
目に留まる 看見、注意到	見（み）える。注目（ちゅうもく）される。 看得到。被注意到。	夢（ゆめ）は、イケメンの大金持（おおがねも）ちの目（め）に留（と）まって、玉（たま）の輿（こし）よ。 我的夢想是被帥氣的超級有錢人注意到，飛上枝頭當鳳凰啊！
目に入る 映入眼簾、看見	自然（しぜん）に視界（しかい）に入（はい）る。 自然地進入視線。	バス停（てい）にいたら、向（む）こうから知（し）り合（あ）いが歩（ある）いてくるのが目（め）に入（はい）った。 到了公車站就看見對面走來認識的人。
目に見える 看見、歷歷在目	はっきりしている。 非常清楚。	そんなことをしたら、怒（おこ）られるのは目（め）に見（み）えているよ。 你如果做了那樣的事，我已經可以想見你會被罵了。
目に物見せる 讓…瞧瞧厲害	ひどい目（め）に会（あ）わせて、はっきり分（わ）からせる。 讓對方嚐嚐苦果，使之徹底明白。	今度（こんど）という今度（こんど）こそは、目（め）に物見（ものみ）せてくれよう。（注：この場合（ばあい）の「くれる」は、自分（じぶん）が相手（あいて）に与（あた）えるという意味（いみ）で、相手（あいて）を見下（みくだ）した言（い）い方（かた）。） 下次我一定要讓你瞧瞧我的厲害。（注：這裡的「くれる」是指自己要給對方苦頭，是瞧不起對方的說法。）

(4)

　花園のたとえ話が示すように、社会の中で言語がどのように使われるべきかということを計画することもある程度必要になってくるのだが、これは言語政策と呼ばれている。言語学者の中には言語を人為的に計画したり操作したりすることは不可能で、 ◁關鍵句 自然の流れに任せるしかないと考える人も多くいる。しかしながら、言語は社会の中において存在していることを考えると、 ◁關鍵句 程度の差はあれ、何らかの言語政策が行われていることも事実だ。その多くは、言語の構造、あるいは言語の使用について影響を与えるものである。

（東照二『バイリンガリズム』）

□ たとえ話　比喩
□ 政策　政策
□ 人為的　人為地

49 筆者がここで最も言いたいことは何か。

1　言語の使用を人為的に計画することはある程度必要だが、不可能である。

2　社会の中で使われる言語は言語政策によるべきである。

3　社会の中に存在している言語を操作する必要はない。

4　社会における言語の使用には、多かれ少なかれ人為が介在している 。
　　└文法詳見 P58┘　　　　└文法詳見 P58┘

(4)

　　如同以花園做譬喻一樣，語言在社會裡應有的使用方式，逐漸演變成在某種程度上需要予以規劃的狀況，稱之為語言政策。語言學家當中也有不少人認為，試圖透過人為的規劃或操縱語言是不可能的，只能順其自然發展。然而，語言存在於社會之中是不爭的事實，實際上仍有或多或少的語言政策正在推行。其中的多數政策，均會對語言的結構或是語言的使用方式造成影響。

（東照二《雙語》）

像這種選項為開放式的題型，建議用刪去法作答。

　　答案是選項4，對應文中「言語は社会の中において存在していることを考えると、程度の差はあれ、何らかの言語政策が行われていることも事実だ」。選項中的「人為」對應原文「言語を人為的に計画したり操作したりすること」。也就是説，語言受到人為的操作。

Answer 4

49 作者在此最想表達的是什麼呢？

1 雖然語言的使用有某種程度必須透過人為的規劃，卻是無法執行的。
2 社會上所使用的語言都應該要依循語言政策。
3 沒有必要去操縱存在於社會上的語言。
4 社會上的語言使用，或多或少都有人為的介入。

　　選項1不正確。從「何らかの言語政策が行われていることも事実だ」來看，作者並不認為這是不可能的。

　　選項2不正確。從「花園のたとえ話が示すように、社会の中で言語がどのように使われるべきかということを計画することもある程度必要になってくる」來看，實施語言政策這件事某些程度上有必要，並不像選項的語氣那麼全面性、強硬。

　　選項3不正確。既然作者認為有某種程度的必要去實施語言政策，就代表他覺得有必要去操作語言。

📗 重要文法

【名詞】＋における。表示
事物存在的時間、地點、
範圍、狀況、條件等。是
書面語。口語一般用「で」
表示。

❶ **における** 　在…、在…方面

例句 江戸時代における庶民と武士の
暮らし方の比較をしてみた。

我對江戶時代庶民與武士的生活方
式，進行了比較。

【形容詞詞幹】＋かれ＋【形
容詞詞幹】＋かれ。舉出兩
個相反的狀態，表示不管是
哪個狀態、哪個場合的意
思。「遲かれ早かれ」、「多
かれ少なかれ」、「善かれ悪
しかれ」等已成慣用句用
法。

❷ **かれ〜かれ** 　或…或…、是…是…

例句 若いうちは誰でも、多かれ少な
かれ人生の意味について考える
のではないだろうか。

年輕時不管是誰，多少都會思考人生
的意義不是嗎？

✏ 小知識大補帖

▶ 英語原文是「ism」（イズム）結尾的外來語

這些外來語可以表示主義、思想、態度、裝置、活動等等。

日　語	英　語	意　思
アカデミズム	academism	學問藝術至上主義、學院風
エキゾチシズム	exoticism	異國情趣
エゴイズム	egoism	利己主義
ジャーナリズム	journalism	報導活動、報導機構、新聞界
センチメンタリズム	sentimentalism	多愁善感、感傷主義
ナショナリズム	nationalism	民族主義、國家主義、民粹主義
ナルシシズム	narcissism	自我陶醉、自戀
ヒューマニズム	humanism	人文主義、人道主義
マンネリズム	mannerism	千篇一律、毫無新意。常簡稱為「マンネリ」。
メカニズム	mechanism	機械裝置
リベラリズム	liberalism	自由主義

▶ 職場

貴社の求人誌を拝見して、応募したいと思いお電話差し上げた次第です。

我看到了貴公司的徵人啟事,因此致電應徵。

すみません。貴社の求人内容について、何点かお伺いしたいのですが。

不好意思,關於貴公司的徵才內容,我有幾個問題想請教。

現在もまだ募集していますでしょうか。

請問現在還在徵人嗎?

販売員の経験はないのですが、問題ないでしょうか。

我沒當過推銷員,請問這樣符合資格嗎?

日々の仕事で日本語を使う機会はありますか。

請問平常上班時會用到日文嗎?

フルタイムではなく、パートタイムの募集もありますか。

請問貴公司除了徵求全職員工,是否也在招募兼職人員呢?

単位不足で卒業できず、就職先から内定を取り消された。

因為學分尚未修滿而無法畢業,導致原本已內定錄取的工作被取消了。

第一志望の会社から、内定をもらった。
心中第一志願的公司已經決定要錄用我了。

最初の１カ月、新入社員研修に行かなければいけないんだって。
聽說第一個月一定要參加新進員工的研修才行哦！

給料は手取りでどれくらい。
淨薪資大約多少呢？

年に２回ボーナスが出るらしいよ。
據說每年會分發兩次獎金哦！

昇進おめでとうございます。
恭喜您高陞！

４月から関連会社に１年出向することになった。
從四月起，我將被轉派到關係企業工作一年。

明日までに企画書を提出しなければいけない。
在明天之前必須提交企畫書。

私の提案は却下された。
我的提案被駁回了。

今週は外回りばっかりです。
這周幾乎都在外面跑業務。

３時からミーティングをします。
三點後要開會。

明日、人事異動が発表されるよ。
明天就要宣布人事異動了哦。

海外勤務を命じられました。
我被派到了海外工作。

３年間、イギリスに駐在することになった。
我將被派駐到英國三年。

来年、定年退職します。
明年我將會屆齡退休。

もんだい **9**

閱讀約 500 字以生活、工作、學習等為主題的，簡單的評論文、說明文及散文。測驗是否能夠理解文章中的因果關係或理由、概要或作者的想法等等。

理解內容／中文

考前要注意的事

▶ 作答流程 & 答題技巧

閱讀說明	先仔細閱讀考題説明

閱讀問題與內容

預估有 9 題

1 考試時建議先看提問及選項，再看文章。

2 提問一般用造成某結果的理由「～原因はどのようなことだと考えているか」（認為～的原因為何）、「～なはなぜか」（～是什麼原因呢？）、作者的想法或文章內容「筆者の主張はどんなことか」（作者所主張的是什麼事呢？）的表達方式，文章中的某詞彙的意思等等。

3 掌握文章結構「開頭是主題、中間説明主題、最後是結論」就是解題關鍵。也可以將表示理由的「ので、ため、のである、なぜかというと」當作解題的線索。

4 考文章的內容時，引出結論的詞彙如「要するに、即ち、したがって」也要多加注意！

答題	選出正確答案

次の (1) から (3) の文章を読んで、後の問いに対する答えとして、最もよいものを、1・2・3・4から一つ選びなさい。

(1)

　統計上は、①日本の子供は一日九分ぐらいしか仕事をしていないことになっています。これは、アメリカ、イギリスなどいわゆる先進国のなかでもきわだって (注1) 少ない方です。それほど家庭内の合理化が進んだと見るべきなのか、親が過保護になったと見るべきなのか、それとも、子供に仕事を与えられないほど住宅が狭くなったと見るべきなのかわかりません。おそらく理由は一つではないでしょう。

　仕事をするということは手先の器用さを養うという "生理的なコース" での人間変革とともに、困難をともない、その上価値を生み出す営み (注2) であるだけに、子供の②価値観の形成に大きく影響します。　(中略)

　労働生活で身につけた価値観はそのまま学習生活に移転すると考えてよさそうです。現状でも、決まった仕事を続けてやっている子は、学習にも集団生活にも積極的であるという傾向がはっきり出ています。　(中略)

　仕事をさせることは、家族の一員としてもやがて社会の一員として生き抜いていく上でも最重要な "生活の原点" のようなものだと私は思います。

（藤原義隆『子供の生活リズム』）

（注2）営み：行い、行為

50 ①日本の子供は一日九分ぐらいしか仕事をしていないと
あるが、考えられる理由として筆者が本文であげていな
いのはどれか。

1 家事の多くが昔よりも効率よくできるようになったから

2 親が子供を大事にしすぎているから

3 住宅が狭くなったため、子供に家事をさせるとかえって
邪魔になるから

4 日本は、アメリカやイギリスなどと同様に先進国だから

51 ここでいう②価値観とはどのような考え方か。

1 働いて報酬を得るのは当然だという考え方

2 手先を器用にするためには、仕事をするのが一番だとい
う考え方

3 努力し、いい結果を出すことに意義を見いだす考え方

4 良いものを作り出すには、手先が器用である必要がある
という考え方

もんだい8
もんだい9
もんだい10
もんだい11
もんだい12
もんだい13

52 子供に仕事をさせることに対する筆者の考えに近いものはどれか。

1 手先が器用になり、将来高い利益を生み出す製品を作れるようになる。

2 手先が器用になるだけでなく、物事に進んで取り組む姿勢を養うことができる。

3 将来の仕事の役に立つように、小さいうちから決まった仕事をさせて訓練する必要がある。

4 子供のころから社会に出して仕事をさせる方が、学習生活にも好影響を与えることができる。

(2)

　私は木花よりも草花を愛する。春の花より秋の花が好きだ。西洋種はあまり好かない。野草を愛する。

　家のまわりや山野渓谷を歩き廻って、見つかりしだい手あたり放題に雑草を摘んで来て、机上の壺に投げ入れて、それをしみじみ観賞するのである。

　このごろの季節では、蓼、りんどう、コスモス、芒、石蕗、等々何でもよい、何でもよさを持っている。

　草は壺に投げ入れたままで、そのままで何ともいえないポーズを表現する。なまじ（注1）手を入れる（注2）と、入れれば入れるほど悪くなる。

　抛入花はほんとうの抛げ入れでなければならない。そこに流派の見方や個人の一手が加えられると、それは抛入でなくて抛挿だ。

　摘んで帰ってその草を壺に抛げ入れる。それだけでも草のいのちは歪められる。私はしばしばやはり「野におけ」の嘆息を洩らすのである。

　人間の悩みは尽きない。私は堪えきれない場合にはよく酒を呷ったものである（今でもそういう悪癖がないとはいいきれないが）。酒はごまかす丈で救う力を持っていない。ごまかすことは安易だけれど、さらにまたごまかさなければならなくなる。そういう場合には諸君よ、山に登りましょう、林

に分け入りましょう、野を歩きましょう、水のながれにそうて、私たちの身心がやすまるまで逍遥しましょうよ。

（種田山頭火『白い花』）

（注1）なまじ：しなくてもよいことをして、かえって悪い結果を招くよう
　　　　す

（注2）手を入れる：修正する、整える

53 筆者は野草をどのように考えているか。

1　自然の中を歩き廻って好みの野草を探すのは心が安らぐ。

2　わざわざ花屋で花を買わなくとも、野草で十分である。

3　野草は手を加えず、自然のままにしておくのが一番よい。

4　野草は野におくべきなので、観賞し終わったら野に戻すほうがよい。

54 野草を室内に飾ることについて、筆者はどのように考えているか。

1　一切の作為を排除した姿にこそもっとも魅力がある。

2　生け花の心得があるならいざ知らず、一般人はただ花を壺に投げ入れればよい。

3　花の組み合わせや壺の中でのバランスなどをあれこれ考えなくても差し支えない。

4　花といえども雑草なので、壺に投げ入れておけばよい。

もんだい 8

もんだい 9

もんだい 10

もんだい 11

もんだい 12

もんだい 13

55 悩み事があるときは、どうするのがよいと言っているか。

1 体が疲れて悩み事などどうでもいいと思うようになるまで野山を歩くとよい。

2 心と体がゆったりするまで、自然の中を気ままに歩き回るとよい。

3 まず酒を飲んでみて、ごまかすことができなければ、野山を歩くとよい。

4 森林浴をして、植物から出る化学成分に接するとよい。

(3)

　われわれはふだんそんなに意識しないで、「れる、られる」という助動詞を<u>その場その場に合ったかたちで使いこなしています</u>。そういうふうに「感じられる」とか、そう「思われて」仕方がないというような「自発」の意味で使います。それから、「殺される」、「殴られる」というような「受身」の意味でも使います。また、このキノコは「食べられる」とか、「行かれる」というような「可能」の意味でも使います。さらには、先生が「来られる」というような「尊敬」の意味でも使います。

　このように、われわれは無意識のうちに、「自発」が「受身」であり、「受身」が「可能」または「尊敬」であるというような、そういう微妙な用法を自在に使いこなしているわけですが、そこには、こうした用法をとおして同質の発想があることが示されています。考えてみれば、たしかに、「感じられる」、「思われる」というのは、自分が思うというだけではなくて、それは「自発」の意味でありながら、何かしらそういうふうに「感じられ」、「思われ」るというような、自分がそうさせられているという「受身」の出来事でもあるし、あるいはそういうふうに「感ずることができる」「思うことができる」というような「可能」の意味にもとれるといえばとれるわけです。さらには自分をこえたはたらきが現れ出てくるということで尊敬にもなるというような用法の展開にも考えられます。

56 その場その場に合ったかたちで使いこなしていますとはどういう意味か。

1 場合ごとに違う形に変えて使っているという意味

2 場面ごとに違う意味に解釈しているという意味

3 場面ごとに違う文型として考えているという意味

4 場面ごとに違う語彙として解説しているという意味

57 「れる、られる」について、この文章で述べている内容と最も合致するのはどれか。

1 それぞれの用法は自然に発生したものである。

2 それぞれの用法には意味的な関連性がある。

3 それぞれの用法は同じ人が考えたものである。

4 それぞれの用法には文法的な共通性がある。

もんだい 8
もんだい 9
もんだい 10
もんだい 11
もんだい 12
もんだい 13

IIII

翻譯與解題　①　【問題9－(1)】

次の(1)から(3)の文章を読んで、後の問いに対する答えとして、最もよいものを、1・2・3・4から一つ選びなさい。

---

(1)

　統計上は、①日本の子供は一日九分ぐらいしか仕事をしていないことになっています。これは、アメリカ、イギリスなどいわゆる先進国のなかでもきわだって（注1）少ない方です。それほど家庭内の合理化が進んだと見るべきなのか、親が過保護になったと見るべきなのか、それとも、子供に仕事を与えられないほど住宅が狭くなったと見るべきなのかわかりません。おそらく理由は一つではないでしょう。

　仕事をするということは手先の器用さを養うという"生理的なコース"での人間変革とともに、困難をともない、その上価値を生み出す営み（注2）であるだけに、子供の②価値観の形成に大きく影響します。（中略）

└文法詳見 P78

　労働生活で身につけた価値観はそのまま学習生活に移転すると考えてよさそうです。現状でも、決まった仕事を続けてやっている子は、学習にも集団生活にも積極的であるという傾向がはっきり出ています。（中略）

　仕事をさせることは、家族の一員としてもやがて社会の一員として生き抜いていく上でも最重要な"生活の原点"のようなものだと私は思います。

└文法詳見 P78

（藤原義隆『子供の生活リズム』）

（注1）きわだって：ほかのものより特別に目立って
（注2）営み：行い、行為

> 50題
> 關鍵句

> 52題
> 關鍵句

> 51題
> 關鍵句

> 52題
> 關鍵句

もんだい8

もんだい9

もんだい10

もんだい11

もんだい12

もんだい13

請閱讀下列(1)～(3)的文章，並從每題所給的四個選項（ 1・ 2・ 3・ 4 ）當中，選出最佳答案。

(1)

　　根據統計，①日本的兒童每天做家事的時間大約只有九分鐘。即使與美國、英國等先進國家相較，這數據亦是明顯地（注1）較少。究竟是家務工作的效率已提升？還是父母的過度保護？抑或是居住空間過於狹小，以致無法讓孩子做家事呢？沒有人知道真正的原因，很可能是由多種理由共同造成這個結果的吧。

> 指出日本的小孩做家事的時間太少，原因不一。

　　做家事是透過培養手指靈巧度的「生理性訓練」，藉以重新塑造人格，在克服困難之際使其明白這個行為（注2）的價值所在，因此對於兒童②價值觀的形成具有莫大的影響。（中略）

> 做家事不僅可以培養雙手靈巧度，還會影響孩子的價值觀。

　　可以想見經由生活中的勞動學習到的價值觀，將會直接轉化到學業方面。從現狀可以清楚發現，兒童如果持續做分內的家事，在面對課業和團體生活時，也會傾向於採取積極的態度。（中略）

> 有在做固定家事的小孩對於課業和集團生活都比較積極。

　　我認為要兒童做家事是最重要的「生活原點」，讓兒童身為家庭的一份子，甚至是在不久的將來成為社會的一份子，都能勇往直前活下去。

　　　　　　　　　　　　　　（藤原義隆《孩子的生活步調》）

> 作者認為讓小孩做家事是可以讓他勇往直前活下去的「生活原點」。

（注1）明顯地：比其他事物更為明白顯露

（注2）行為：動作、行動

Answer **4**

50 ①日本の子供は一日九分ぐらいしか仕事をしていないとあるが、考えられる理由として筆者が本文であげていないのはどれか。

1 家事の多くが昔よりも効率よくできるようになったから

2 親が子供を大事にしすぎているから

3 住宅が狭くなったため、子供に家事をさせるとかえって邪魔になるから

4 日本は、アメリカやイギリスなどと同様に先進国だから

50 文中提到①日本的兒童每天做家事的時間大約只有九分鐘，下列何者是作者在文章當中沒有舉出的可能原因？

1 因為大部分家事的完成效率都比以前來得好

2 因為太過愛護兒童了

3 因為居住空間變得狹小，讓兒童做家事反而會礙手礙腳

4 因為日本和美國、英國同為先進國家

Answer **3**

51 ここでいう②価値観とはどのような考え方か。

1 働いて報酬を得るのは当然だという考え方

2 手先を器用にするためには、仕事をするのが一番だという考え方

3 努力し、いい結果を出すことに意義を見いだす考え方

4 良いものを作り出すには、手先が器用である必要があるという考え方

51 這裡所提到的②價值觀是指什麼樣的想法呢？

1 認為工作後得到報酬是天經地義的

2 認為為了讓手指更為靈巧，最好的方式就是做家事

3 認為經過努力得到良好的成果是具有意義的

4 認為想要做出好東西，就必須要有靈巧的手指

解題攻略

首先是「家庭内の合理化が進んだ」（家務工作的效率已提升），「合理化」在這邊意思是「提升效率節省浪費」，這對應到選項 1。也就是說比起以前，現在做家事比較節省時間勞力等等。

再來是「親が過保護になった」（父母的過度保護），這對應選項 2。表示父母太溺愛小孩，捨不得讓他們做家事。

最後是「子供に仕事を与えられないほど住宅が狭くなった」（抑或是居住空間過於狭小，以致無法讓孩子做家事），這對應選項 3。

唯一沒有對應到內文的是選項 4。文中提到「これは、アメリカ、イギリスなどいわゆる先進国のなかでもきわだって少ない方です」（即使與美國、英國等先進國家相較，這數據亦是明顯地較少）。選項敘述雖然和內文呼應，但是答非所問。所以答案是選項 4。

解題關鍵在「困難をともない、その上価値を生み出す」（在克服困難之際使其明白這個行為的價值所在）。「努力」（努力）對應「困難」（困難），「いい結果」（良好的成果）對應「価値」（價值）。選項 3 是正確答案。

> 注意題目是問作者「沒有」舉出的原因，可別選到正確的描述了。

> 解題關鍵在「おそらく理由は一つではないでしょう」（很可能是由多種理由共同造成這個結果的吧），表示理由恐怕不只一個。這個「理由」就是這題的重點，上面一口氣舉出了三個論點，也就是作者能想得到的「理由」。

> 在閱讀考試中，選項和內文的字詞對應、換句話說是很重要的技巧，平時不妨多加練習。

もんだい8 もんだい9 もんだい10 もんだい11 もんだい12 もんだい13

[理解內容／中文] **075**

Answer **2**

52 子供に仕事をさせることに
対する筆者の考えに近いも
のはどれか。

1 手先が器用になり、将来高
い利益を生み出す製品を作
れるようになる。

2 手先が器用になるだけでな
く、物事に進んで取り組む
姿勢を養うことができる。

3 将来の仕事の役に立つよう
に、小さいうちから決まった
仕事をさせて訓練する必要
がある。

4 子供のころから社会に出し
て仕事をさせる方が、学習
生活にも好影響を与えるこ
とができる。

52 針對讓兒童做家事一事，下列
何者最接近作者的想法呢？

1 手指會變得靈巧，將來就可以
做出高收益的製品。

2 不僅能讓手指變得靈巧，也可
以培養其對事物採取積極的態
度。

3 為了能在將來的工作派上用
場，一定要讓兒童從小就做分
內的家事來訓練他。

4 讓兒童從小就出社會工作，可
以對學業有好的影響。

□ 先進国 先進國家
□ きわだつ 顯著
□ 過保護 過度保護
□ 手先 手指
□ 養う 培養
□ 生理的 生理性
□ 変革 變革，改革
□ 営み 行為

□ 形成 形成
□ 原点 原點
□ 効率 效率
□ 報酬 報酬

選項 1 不正確。原文中作者說做家事可以「価値を生み出す」（創造出價值），不過這裡的價值並不限於「高い利益」（高獲利）和「製品」（製品）。

選項 2 是正確答案。對應文章「手先の器用さを養う」（培養手指靈巧度）。和「学習にも集団生活にも積極的である」（也會積極面對課業和團體生活）。

選項 3 不正確。從小訓練小孩做家事或許對將來的工作生涯或多或少有幫助，但從文章整體來看，做家事最主要的目的是培養小孩積極的態度。

選項 4 不正確。文章當中並沒有提到要讓小孩從小就出社會工作。這篇文章反覆出現的「仕事」（工作）指的其實是家事，而不是到公司行號上班來賺取薪資的工作。

這一題問的是作者對於「讓孩子做家事」的看法。像這種選項為開放性作答的題目就要用刪去法來節省時間。

IIII

翻譯與解題 ① 【問題 9 — (1)】

重要文法

【名詞；形容動詞詞幹な；[形容詞・動詞] 普通形] ＋だけに。表示原因。表示正因為前項，理所當然地才有比一般程度更深的後項的狀況。

❶ だけに
到底是…、正因為…、所以更加…、由於…所以特別…

例句 役者としての経験が長いだけに、演技がとてもうまい。
正因為有長期的演員經驗，所以演技真棒！

【動詞ます形】＋抜く。表示把必須做的事，最後徹底做到最後，含有經過痛苦而完成的意思。

❷ 抜く　…做到底

例句 苦しかったが、ゴールまで走り抜きました。
雖然很苦，但還是跑完全程。

小知識大補帖

▶ 兩個動詞複合為一的動詞

「〜抜く」：（動詞の連用形に付いて）最後までやる。

（…完）：（接在動詞連用形後面）做到最後。

■ 選り抜く（精挑細選）

たくさんある中から選んで取る。「選り抜く」ともいう。

從眾多事物當中選出。同「選り抜く」（挑選）。

・当店では、選り抜きの原料だけを使用して、素材そのものの味を引き出すように調理してご提供いたしております。

本店只使用精選材料，在烹調過程當中引出食材本身的風味，提供給各位顧客。

もんだい 8
もんだい 9
もんだい 10
もんだい 11
もんだい 12
もんだい 13

■ 追い抜く（超過；追過）

前にいた者より前に出る。なお、交通用語では、進路を変えないでほか
の車の前に出ることを「追い抜き」と言う。

超前原本在前面的人。此外，在交通用語方面，不變換車道就超車的行為
稱為「追い抜き」。

・（短距離走の中継で）日下、園田を追い上げています、追い上げてい
ます、ああっ、追い抜きました！

（短跑比賽的實況轉播）日下追上了園田！追上了！追上了！啊！追過
他了！

■ 出し抜く（趁機搶先、先下手為強；隱瞞）

他人のすきをねらったり、だましたりして、自分が先に何かをする。

趁人之危或是欺騙他人，好讓自己先做些什麼。

・まさか奴が美奈子さんと付き合うなんて、出し抜きやがって。

沒想到那傢伙居然跟美奈子小姐交往，被他搶先一步了！

■ 引き抜く（抽出；拉攏）

引っ張って抜く。また、そこから転じて、ほかのグループに属している
者を、そちらから脱退させ、こちらのグループのメンバーにする。

拉拔出來。或是引申為讓原本屬於別的團體的人成為自己人。

・おじいさんとおばあさんと娘と犬と猫とネズミが力を合わせると、と
うとう大きなかぶを引き抜くことができました。

爺爺、奶奶、妹妹、小狗、小貓和老鼠同心協力，總算把碩大的蕪菁給
拔了出來。

■ 見抜く（看穿、看透）

表面には出てこない本質を知る。

瞭解表面上看不出來的本質。

・（雑誌の記事の見出し）気になる彼の本心を見抜くチェックポイント

（雜誌報導的標題）看穿心上人真心的注意要點

(2)

　私は木花よりも草花を愛する。春の花より秋の花が好きだ。西洋種はあまり好かない。野草を愛する。

　家のまわりや山野渓谷を歩き廻って、見つかりしだい手あたり放題に雑草を摘んで来て、机上の壺に投げ入れて、それをしみじみ観賞するのである。

　このごろの季節では、蓼、りんどう、コスモス、芒、石蕗、等々何でもよい、何でもよさを持っている。

草は壺に投げ入れたままで、そのままで何ともいえないポーズを表現する。なまじ（注1）手を入れる（注2）と、入れれば入れるほど悪くなる。 → 53,54 題 關鍵句

抛入花はほんとうの抛げ入れでなければならない。 そこに流派の見方や個人の一手が加えられると、それは抛入でなくて抛挿だ。 → 54 題 關鍵句

　摘んで帰ってその草を壺に抛げ入れる。それだけでも草のいのちは歪められる。私はしばしばやはり「野におけ」の嘆息を洩らすのである。 → 53 題 關鍵句

　人間の悩みは尽きない。私は堪えきれない場合にはよく酒を呷ったものである（今でもそういう悪癖がないとはいいきれないが）。酒はごまかす丈で救う力を持っていない。ごまかすことは安易だけれど、さらにまたごまかさなければならなくなる。<div style="background:#ccc">そういう場合には諸君よ、山に登りましょう、林に分け入りましょう、野を歩きましょう、水のながれにそうて、私たちの身心がやすまるまで逍遥しましょうよ。</div> → 55 題 關鍵句

（種田山頭火『白い花』）

（注1）なまじ：しなくてもよいことをして、かえって悪い結果を招くようす

（注2）手を入れる：修正する、整える

(2)

　我愛草花勝過樹花，喜歡秋花多過春花，對於源自歐美的花卉沒什麼好感，非常喜愛野草。

　當我在住家附近或是山野溪谷散步時，一看到雜草就順手摘回家，隨意扔進桌上的花壺裡，再細細地玩味觀賞一番。

　以最近的時節來說，水蓼、龍膽、波斯菊、芒草、大吳風草等等，什麼都好，什麼都有它的美。

　若是將草枝隨意扔進花壺裡面，它所呈現出來的風姿便是妙不可言。如果硬是（注1）要加工修整（注2），反而越修整越難看。

　拋入花的插法必須是隨手扔進去才行。如果加進了流派的風格或是插花者的動手調整，那就不叫拋入，而是拋插了。

　摘採回家隨意扔進花壺內。即使只有如此，草枝的生命還是遭到了扭曲。我不時嘆道，畢竟仍該「讓它待在大自然裡最美」。

　人類的煩惱永無止盡。我以前時常在心情無以排解時，把酒一飲而盡（雖然現在也還沒完全戒掉這個壞習慣）。不過，借酒澆愁愁更愁。雖然自我欺騙很容易，但是一旦騙了自己，往後就得一直騙下去才行。諸位若是遇上這種情形，不妨去爬爬山，邁入林間，漫步原野，傍著流水，讓我們的身心得到平靜，自在逍遙吧！

（種田山頭火《白花》）

（注1）硬是：做沒必要的事，反而招致不好的結果
（注2）修整：修正、整頓

作者表示自己對野花野草的喜好。

作者喜歡摘草帶回家觀賞。並舉例這季節有什麼不錯的植物。

指出「拋入花」這種插花方式就是要自然地拋入壺中，無為而治。

作者覺得野草還是要長在野外比較好。

話題轉到煩惱的處理方式。作者認為喝酒不能幫助消除煩惱，建議讀者去大自然舒緩心靈。

-- Answer 3

53 筆者は野草をどのように考えているか。

1 自然の中を歩き廻って好みの野草を探すのは心が安らぐ。

2 わざわざ花屋で花を買わなくとも、野草で十分である。

3 野草は手を加えず、自然のままにしておくのが一番よい。

4 野草は野におくべきなので、観賞し終わったら野に戻すほうがよい。

53 作者對於野草有什麼想法呢？

1 在大自然當中來回走動找尋喜歡的野草，可以讓心靈平靜。

2 不用特地到花店買花，有野草萬事足矣。

3 不要把野草採回來插，最好是任憑它自然生長。

4 野草應該長在野外，所以觀賞過後應該要把它放回野外。

-- Answer 1

54 野草を室内に飾ることについて、筆者はどのように考えているか。

1 一切の作為を排除した姿にこそもっとも魅力がある。

2 生け花の心得があるならいざ知らず、一般人はただ花を壷に投げ入れればよい。 文法詳見 P86

3 花の組み合わせや壷の中でのバランスなどをあれこれ考えなくても差し支えない。

4 花といえども雑草なので、壷に投げ入れておけばよい。 文法詳見 P86

54 關於把野草插飾在室內，作者有什麼想法呢？

1 屏除所有人為加工的樣貌才是最有魅力的。

2 懂得插花的人另當別論，一般民眾只要把花投入花壺即可。

3 不必去想什麼花卉的搭配或在壺內的協調感沒關係。

4 雖說是花但實際上是雜草，所以只要丟入花壺就好了。

正確答案是 3。解題關鍵是「私はしばしばやはり『野におけ』の嘆息を洩らすのである」（我不時嘆道，畢竟仍該「讓它待在大自然裡最美」）。選項 3 可以對應「野におけ」（待在大自然）和「草は壺に投げ入れたままで、そのままで何ともいえないポーズを表現する。なまじ手を入れると、入れれば入れるほど悪くなる」（若是將草枝隨意扔進花壺裡面，它所呈現出來的風姿便是妙不可言。如果硬是要加工修整，反而越修整越難看），所以作者對於野草的想法也包括「順其自然」。

選項 1 不正確，作者提到「見つかりしだい手あたり放題に」（一看到雜草就順手摘回家），表示他在拔草時並沒有特地尋找自己喜歡的種類。選項 2、4 都是作者沒有提到的觀點，所以都不正確。

> 這一題問的是作者對於野草有什麼想法。從段落主旨可以看出，提到作者對於野草的想法是第六段，所以不妨從第六段找答案。

> 諺語「やはり野に置け蓮華草」原意是説，紫雲英要在野地裡綻放才能顯現它的美，如果把它摘回家擺飾就沒那麼美了。用來比喻人事物要擺放在適合的位置、環境。

第四段提到「草は壺に投げ入れたままで、そのままで何ともいえないポーズを表現する。なまじ手を入れると、入れれば入れるほど悪くなる」（若是將草枝隨意扔進花壺裡面，它所呈現出來的風姿便是妙不可言。如果硬是要加工修整，反而越修整越難看）。

第五段則説明「抛入花はほんとうの抛げ入れでなければならない。そこに流派の見方や個人の一手が加えられると、それは抛入でなくて抛插だ」（抛入花的插法必須是隨手扔進去才行。如果加進了流派的風格或是插花者的動手調整，那就不叫抛入，而是抛插了）。

綜合以上兩段來看，可以發現作者強調的是「去除人為」、「自然就是美」等觀念。四個選項當中最符合這種想法的是選項 1。

> 這一題和「在室內裝飾野草」有關。從段落主旨來看，答案應該就在第四段和第五段，也就是作者説明「抛入花」的部分。

翻譯與解題 ① 【問題9－(2)】

55 悩み事があるときは、どうするのがよいと言っているか。

1 体が疲れて悩み事などどうでもいいと思うようになるまで野山を歩くとよい。

2 心と体がゆったりするまで、自然の中を気ままに歩き回るとよい。

3 まず酒を飲んでみて、ごまかすことができなければ、野山を歩くとよい。

4 森林浴をして、植物から出る化学成分に接するとよい。

55 作者在文中提到，有煩惱時可以做什麼呢？

1 可以在山野散步直到身體疲累，覺得那些煩惱都不重要了。

2 可以在大自然中隨意走走，直到身心舒暢為止。

3 首先試著喝酒，若不能自我欺騙，就去山野散步。

4 可以做森林浴，吸收植物所釋放的化學成分。

□ 好く 喜歡，有好感
□ 渓谷 溪谷
□ 手あたり放題 順手就…
□ 摘む 摘，採
□ 壺 壺器
□ 観賞 觀賞
□ 何ともいえない 妙不可言
□ ポーズ【pose】 風姿
□ なまじ 硬是
□ 手を入れる 修整，整頓
□ 抛入花 原意是抛入花插法（一種自由形式的插花形式）

□ 流派 流派
□ 歪める 使歪曲，歪扭
□ 嘆息を洩らす 嘆息
□ 尽きる 盡，完
□ 堪える 忍住，抑制住
□ 呷る 一口氣喝下去
□ 悪癖 壞習慣
□ ごまかす 欺騙，含糊帶過
□ 諸君 諸位，各位（主要為男性用語，但對長輩不用）
□ 逍遥 自在逍遙
□ 安らぐ （心靈）平靜

解題攻略

解題關鍵在最後「そういう場合には諸君よ、山に登りましょう、林に分け入りましょう、野を歩きましょう、水のながれにそって、私たちの身心がやすまるまで逍遥しましょうよ」（諸位若是遇上這種情形，不妨去爬爬山，邁入林間，漫步原野，傍著流水，讓我們的身心得到平靜，自在逍遙吧）。這個「そういう場合」（這種情形）也就是指煩惱纏身的時候。對此作者用一連串的勸誘句型「ましょう」，請大家在為煩惱所苦時去爬山，到森林或野外去讓身心平靜下來。四個選項當中和這個敘述最符合的是選項 2。

> ⚠ 這一題問的是消除煩惱的方法，從段落主旨可以看出這一題對應第七段。

> 選項 1 不正確。到山上、野外的目的是「身心がやすまる」（身心得到平靜），不是要讓身體感到疲累。

> 選項 3 不正確。作者提到「酒はごまかす丈で救う力を持っていない」（借酒澆愁愁更愁），所以當然不會建議讀者喝酒解悶。

> 由於文章當中完全沒有提到植物的化學物質，所以選項 4「植物から出る化学成分に接する」這個敘述不正確。

☐ 手を加える　修整，修正
☐ 一切　一切，所有
☐ 作為　人為
☐ 排除　屏除，排除
☐ 心得　知識，經驗
☐ 差し支えない　沒關係，無所謂
☐ 気まま　隨意
☐ 森林浴　森林浴

IIII

翻譯與解題 ① 【問題 9 — (2)】

重要文法

【動詞ます形】＋次第。表示某動作剛一做完，就立即採取下一步的行動。或前項必須先完成，後項才能夠成立。

❶ しだい　馬上…、一…立即、後立即…

例句 旅行の日程がわかりしだい、連絡します。

一知道旅行的行程，就立即通知你。

【[名詞‧形容詞‧形容動詞‧動詞]普通形（の）】＋ならいざ知らず。表示不去談前項的可能性，而著重談後項中的實際問題。後項所提的情況要比前項嚴重或具特殊性。後項的句子多帶有驚訝或情況非常嚴重的內容。

❷ ならいざ知らず

（關於）我不得而知…、另當別論…、（關於）…還情有可原

例句 子供ならいざ知らず、大の大人までが夢中になるなんてね。

如果是小孩倒還另當別論，已經是大人了竟然還沉迷其中！

【名詞；[名詞‧形容詞‧形容動詞‧動詞]普通形；形容動詞詞幹】＋といえども。表示逆接轉折。先承認前項是事實，但後項並不因此而成立。也就是一般對於前項這人事物的評價應該是這樣，但後項其實並不然的意思。一般用在正式的場合，前面常和「たとえ、いくら」等相呼應。另外，也含有「…ても、例外なく全て…」的強烈語感。

❸ といえども　即使…也…、雖説…可是…

例句 同い年といえども、彼女はとても落ちついている。

雖説年紀一樣，她卻非常成熟冷靜。

小知識大補帖

▶ 種田山頭火

1882年（明治15年）- 1940年（昭和15年）。山口県出身。自由律俳句（五・七・五にこだわらずに自由な音律で表現する俳句）のもっとも著名な俳人の一人。曹洞宗で出家得度し、各地を放浪しながら句を詠んだ。本名・種田正一。

1882年（明治15年）- 1940年（昭和15年）。出生於山口縣。是自由律俳句（不拘泥於五、七、五的形式，以自由音律來表現的俳句）當中最著名的詩人之一。皈依曹洞宗剃度出家，流浪各地吟詩作對。本名是種田正一。

▶ ウ音便

本問題の引用文に「（水のながれに）そうて」と出てきますが、これは「沿って」のことです。また、問題11第2回の「（いかんと）いうて」も、「言って」のことです。あれ？日本人も動詞の活用を間違えたり、面倒くさくなってやめたりすることがあるのでしょうか。

本大題所引用的文章當中出現了「（水のながれに）そうて」，這其實是指「沿って」。此外，問題11第二回的「（いかんと）いうて」，其實是指「言って」。咦？日本人也會搞錯動詞活用嗎？是不是覺得很麻煩、想放棄日文了呢？

そうではありません。これは二つとも「ウ音便」と言うもので、用言の活用語尾が「う」の音に変化する現象です。現代標準語ではあまり使いませんが、間違いとは言えません。この二つはたまたま音便の結果終止形と同じ形になっただけです。このほかに、問題12第2回の「出会うた」「買うた」「相会うて」も全てウ音便で、「出会った」「買った」「相会って」のことです（ただし「相会って」はあまり言いません）。これらはさらに前の母音とつながって、実際の発音は「でおーた」「こーた」「あいおーて」となります。

事情其實不是你所想的那樣。這兩個都是所謂的「ウ音便」，是用言活用語尾變成「う」的現象。在現代標準語當中雖然很少使用，但並不是不正確。這兩個用法只是剛好與音便的結果終止形同形而已。其餘像是問題12第二回的「出会うた」、「買うた」、「相会うて」，這些也全都是ウ音便，也就是「出会った」、「買った」、「相会って」（不過很少會說「相会って」）。這些用法還與前面的母音結合，實際上唸成「でおーた」、「こーた」、「あいおーて」。

　ウ音便は、古文や、現代でも西日本方言では多く使われます。とは言って
も、実はＮ５レベルで既に皆さんが出会っているウ音便もあります。

　ウ音便在文言文，甚至是日本西半部的現代方言當中經常使用。不過，其實在Ｎ５
程度時大家就已經有看過ウ音便了。

「ありがとう」
「謝謝」

ありがたい＋ございます
↓
（連用形になる）
（變成連用形）

ありがたく＋ございます
↓
（ウ音便になる）
（變成ウ音便）

ありがたう＋ございます
↓
（前の母音とつながって）
（和前面的母音連音）

ありがとう＋ございます

もんだい 8

もんだい 9

もんだい 10

もんだい 11

もんだい 12

もんだい 13

「おはよう」

「早安」

おはやい＋ございます
↓
（連用形<ruby>連用形<rt>れんようけい</rt></ruby>になる）
（變成連用形）

おはやく＋ございます
↓
（ウ音便<ruby>音便<rt>おんびん</rt></ruby>になる）
（變成ウ音便）

おはやう＋ございます
↓
（<ruby>前<rt>まえ</rt></ruby>の<ruby>母音<rt>ぼいん</rt></ruby>とつながって）
（和前面的母音連音）

おはよう＋ございます

(3)

　　われわれはふだんそんなに意識しないで、「れる、られる」という助動詞をその場その場に合ったかたちで使いこなしています。そういうふうに「感じられる」とか、そう「思われて」仕方がないというような「自発」の意味で使います。それから、「殺される」、「殴られる」というような「受身」の意味でも使います。また、このキノコは「食べられる」とか、「行かれる」というような「可能」の意味でも使います。さらには、先生が「来られる」というような「尊敬」の意味でも使います。

> 56題
> 關鍵句

　　このように、われわれは無意識のうちに、「自発」が「受身」であり、「受身」が「可能」または「尊敬」であるというような、そういう微妙な用法を自在に使いこなしているわけですが、そこには、こうした用法をとおして同質の発想があることが示されています。考えてみれば、たしかに、「感じられる」、「思われる」というのは、自分が思うというだけではなくて、それは「自発」の意味でありながら、何かしらそういうふうに「感じられ」、「思われ」るというような、自分がそうさせられているという「受身」の出来事でもあるし、あるいはそういうふうに「感ずることができる」「思うことができる」というような「可能」の意味にもとれるといえばとれるわけです。さらには自分をこえたはたらきが現れ出てくるということで尊敬にもなるというような用法の展開にも考えられます。

> 57題
> 關鍵句

└文法詳見 P94
└文法詳見 P94

（竹内整一『日本人はなぜ「さようなら」と別れるのか』）

□ 使いこなす 運用自如
□ 自発 自發（語法），自然產生
□ 受身 被動（語法）

□ キノコ 蕈類，菇類
□ 無意識 不自覺
□ 微妙 微妙
□ 自在 自由自在，自如

□ 何かしら 什麼，某些
□ 展開 展開，擴大
□ 語彙 語彙

(3)

　　我們平時在沒有特別意識到的狀況下，就能將「れる、られる」這個助動詞因應不同場合所需而運用自如。比方，讓人不禁「覺得」、讓人不由得「認為」，這些都是指「自發」的意思。還有，也能用在「被殺」、「被打」這種「被動」的意思上。此外，亦可指這個葷類「能吃」、「可以去」這種表示「可能」的意思。甚至還能作為老師「蒞臨」這種「尊敬」的意思。

指出「れる、られる」有四種用法：自發、被動、可能、尊敬。

　　誠如上述，我們在不自覺中，就能像這樣使用這些微妙的語法：「自發」可用「被動」表示，而「被動」含有「可能」或是「尊敬」的意味。不過在這當中，透過這樣的用法，也顯現出其含有同質性的想法。不妨試想，諸如「感到」、「認為」，這些的確不僅指自己這麼想，還含有「自發」的意思，同時意指基於某項事件導致自己「被動」地「察覺」、「判斷」，或者當然也可以當成「不由自主地覺得」、「不由自主地認為」這種「可能」的意思，除了本身的涵義之外，甚至還能擴大解釋為尊敬用法呢。

承接上段，說明每個用法都有其背後的想法，而各個用法之間也都有關聯性。

　　　　（竹內整一《日本人為何以「再見」來道別呢》）

-- Answer 2

56 その場その場に合ったかた
ちで使いこなしていますと
はどういう意味か。 文法詳見 P94

1 場合ごとに違う形に変えて
使っているという意味

2 場面ごとに違う意味に解釈
しているという意味

3 場面ごとに違う文型として
考えているという意味

4 場面ごとに違う語彙として
解説しているという意味

56 因應不同場合所需而運用自如
是什麼意思呢？

1 在每個場合都變成不同的形式
使用的意思

2 在每個場合都解釋成不同意義
的意思

3 在每個場合都當成是不同的句
型來思考的意思

4 在每個場合都當成是不同的單
字來解說的意思

-- Answer 2

57 「れる、られる」につい
て、この文章で述べている
内容と最も合致するのはど
れか。

1 それぞれの用法は自然に
発生したものである。

2 それぞれの用法には意味的
な関連性がある。

3 それぞれの用法は同じ人が
考えたものである。

4 それぞれの用法には文法的
な共通性がある。

57 關於「れる、られる」，下
列何者和這篇文章的內容敍述
最為一致呢？

1 每個用法都是自然發生的。

2 每個用法都有意思上的關聯
性。

3 每個用法都是同一個人所想
的。

4 每個用法都有文法上的共通
性。

第一段的後半部出現了四次的「～の意味で（も）使います」，從這邊可以得知「れる、られる」的「意思」多達四種。所以日本人在使用「れる、られる」時，是先根據場合的不同來判斷出不同的意思，再進一步地使用。正確答案是 2。

劃線部份雖然也有出現「かたち」（形），不過要注意的是，不能只看表面上的意思。雖然日本人的確會改變「れる、られる」的形式，可是實際上是因為「意思」的解讀不同，所以才會造成「改變形式」這個結果。此外，選項 3 的「文型」也可以說是「かたち」的同義詞，不過就像是上一段所說的，這裡的「かたち」並不是指「形式」、「句型」。所以選項 1、3 都不正確。至於選項 4，由於「本文當中沒有出現語彙」的同義字或相關語句，所以不正確。

> 這一題考的是劃線部分。作者指出我們可以把「れる、られる」依據場合運用自如。現在要來探究這個「依據場合運用自如」的背後原理。

這一題問的是「れる、られる」為什麼有這麼多的用法。解題關鍵在「こうした用法をとおして同質の発想があることが示されています」（透過這樣的用法，也顯現出其含有同質性的想法），表示四種用法之間有一些同質性的想法。從這句話開始，作者就在解釋各種用法之間的關聯性：「…『自発』の意味でありながら、…『受身』の出来事でもあるし、あるいは…『可能』の意味にもとれるといえばとれるわけです。さらには…尊敬にもなる」（…還含有「自發」的意思，同時意指基於某項事件導致自己「被動」…，或者當然也可以當成…這種「可能」的意思，甚至還能…尊敬用法呢），也就是説，「自發」、「被動」、「可能」、「尊敬」這四個意思之間都有一些相通之處。所以「れる、られる」才會引申出這麼多用法。正確答案是 2。

> 選項 1，原文當中並沒有提到這點，而且這個敘述也和問題本身搭不上線，所以不正確。選項 3 和選項 4 都是原文當中沒有提到的觀點，所以也都不正確。

📝 重要文法 ────────────────────────

【名詞；形容動詞詞幹な；[形容詞・動詞]普通形】＋だけでなく。表示不只是前項，涉及的範圍更擴大到後項。後項內容是説話人所偏重、重視的。一般用在比較嚴肅的話題上。書面用語。口語用「ただ…だけでなく」。

❶ だけで(は)なく

不只是…、不單是…、不僅僅…

例句 石油の値上がりは、中東の問題だけでなく世界的な問題だ。

油價上漲不只是中東國家的問題，也是全球性的課題。

【名詞；形容動詞詞幹；形容詞辭書形；動詞ます形】＋ながら。連接兩個矛盾的事物。表示後項與前項所預想的不同。

❷ ながら

雖然…但是…、儘管…、明明…卻…

例句 単純な物語ながら、深い意味が含まれているのです。

雖然故事單純，但卻含有深遠的意味。

【名詞】＋とは。前接體言表示定義，前項是主題，後項對這主題的特徵等進行定義。

❸ とは　所謂…

例句 「愛しい」とは、「かわいく思うさま」という意味です。

所謂的「可愛」，就是「令人覺得憐愛」的意思。

❶ 小知識大補帖

▶行かれる？行ける？見れる？見られる？

「れる・られる」の意味は可能・自発・受身・尊敬の四つですので、「行く」の可能としては「行かれる」もあり得ますが、今日では「行ける」を多く使います。五段動詞の可能形は、このように下一段活用に転じた「可能動詞」を使うのが一般的です。

「れる・られる」的意思有可能、自發、被動、尊敬四種，所以「行く」的可能形也有可能是「行かれる」，不過現在比較常使用的是「行ける」。五段動詞的可能形，通常就像這樣轉為下一段活用而使用「可能動詞」。

ということは、「れる・られる」の意味は四つあるとはいっても、「可能」の意味で使うことには制限があることになります。「れる」がつく五段動詞・サ行変格動詞では可能と受身・尊敬で形が違いますが、「られる」がつく上一段動詞・下一段動詞・カ行変格動詞では同じ形になります。

這麼說起來，雖說「れる・られる」有四種意思，但如此一來，在「可能」的意思方面就會有所限制。五段動詞後接「れる」及サ行變格動詞在「可能」的意思上，形態和「被動、尊敬」有所不同，不過上下一段動詞後接「られる」、カ行變格動詞的形態都一樣。

本来「られる」をつけるべき動詞に「れる」をつけて「見れる」「食べれる」「来れる」などという、いわゆる「ら抜き言葉」は、「可能動詞」からの類推で起こったと言われています。確かに、「ら抜き言葉」は可能の意味のときだけ使われており、受身・尊敬の意味のときに「ら」を抜く人はまずいません。「ら抜き言葉」は今のところ非標準だとされていますが、意味を明瞭化する役割があるとも考えられます。

有些動詞原本應該接上「られる」，改為接上「れる」，像是「見れる」、「食べれる」、「来れる」等等，也就是所謂的「ら抜き言葉」（省略ら的動詞），這被認為是從「可能動詞」類推而來的。的確，「ら抜き言葉」只被當成「可能」的意思所使用，沒有人會在「被動、尊敬」這個意思下省略「ら」。現階段「ら抜き言葉」雖然被認為是非標準的表現，但也可以視它為有釐清語意的功能。

次の文章を読んで、後の問いに対する答えとして、最も良いものを 1・2・3・4 から一つ選びなさい。

(1)

　長年インタビューをしていて気づいたのは、"聞かれる側 の痛み" というものがあることです。①聞く側は、相手の痛 みに無関心になりがちです。

　おそらく、私も相手の痛みに気づかず、インタビューしな がら知らず知らず (注1) 相手を苦しめたことがあったと思い ます。聞く側は、"聞く" という目的だけを主眼にしている ので、どうしても相手の痛みに気づきにくいのです。

　親が子どもに、教師が生徒にたずねるときも聞かれる側 の痛みが忘れられてきたのではないでしょうか。相手の痛み に気づかず傷つけてしまえば、心を閉ざしてしまうかもしれ ません。それで話が引き出せなくなるだけではなく、②人間 不信につながることもあるわけです。逆に、相手の痛みに過 敏になりすぎても、肝心な質問ができなくなることもありま す。

　どちらにしても、質の高いインタビューをするには、相手 の痛みに気づかいながら、相手の気持ちにどのように入って いくか、ここにポイントがありそうです。

　ニュースキャスターの久米宏さんの鋭い切り込み (注2) 方 く め ひろし には定評があります。テレビ独特の方法ですが、政治家にグ

イグイ切り込むことで、相手を慌てさせて本音を引き出しています。もちろん聞く対象によってテクニックは変えなければなりませんが、③どこまで聞けばいいのか、加減しながら行うのが大切なのです。

（久恒啓『伝える力』）

（注1）知らず知らず：意識しないうちに、いつの間にか
（注2）切り込む：刃物で深く切る意から転じて、鋭く問いつめること

50 ①聞く側は、相手の痛みに無関心になりがちと筆者が考える理由は何か。

1 聞く側は、"聞く"という目的を達成するために、相手の痛みに気づかないふりをするから

2 聞く側は、相手の気持ちよりも、自分の知りたい情報を聞き出すことを優先してしまうから

3 相手の痛みを気にしていたら、自分の知りたい情報を聞き出すという目的を達成することができなくなるから

4 相手が苦しもうが苦しむまいが、聞く側にとっては関係のないことだから

51 ②人間不信につながることもあるわけですとはどういうことか。

1　インタビューを受ける人が心を傷つけられてしまうと、周囲の人を信じなくなることもあるということ

2　インタビューをする人が心を閉ざしてしまうと、相手の痛みに気づかず傷つけてしまうこともあるということ

3　インタビューをする人が心を閉ざしてしまうと、インタビューを受ける人が周囲の人を信じなくなることもあるということ

4　インタビューをする側とされる側、双方が相手を信じられなくなることもあるということ

52 ③どこまで聞けばいいのか、加減しながら行うのが大切なのですとあるが、ここで筆者が述べている考えに近いものはどれか。

1　相手の痛みに気づかえば、心に入っていけるので、質の高いインタビューをすることができる。

2　相手を慌てさせてグイグイ切り込んでいけば、インタビューは成功する。

3　質の高いインタビューをしたければ、久米宏の真似をすることである。

4　相手への思いやりを持ちつつも、いかに聞きたいことを追及していくかがインタビューの鍵である。

(2)

　活動の後には疲労の来るのは当然である。例を筋肉活動にとれば、筋肉が活動するときには、筋肉内で物が消費される。それは主として葡萄糖（注1）である。葡萄糖は筋肉内で燃焼して、水と炭酸瓦斯とになり、その燃焼によって生ずる勢力（注2）が即ち筋肉の活動力となるのである。勿論葡萄糖が不足すれば、脂肪や蛋白質が勢力源となることもある。

　筋肉そのものは活動するときに、自身消耗することは極力避けているが、しかし幾分かは消耗がある。飛行機の発動機（注3）はガソリンを消費して活動するのであるが、それが活動するときには、発動機そのものも幾分磨滅する。筋肉は発動機でガソリンは葡萄糖に該当する。

　筋肉の活動するとき葡萄糖が燃えて生ずる水や炭酸瓦斯は、筋肉活動には邪魔になるものであるから、直ちに血液によって運び去られる。又筋肉そのものの老廃物も同様である。

　すべて筋肉活動の結果、筋肉内にできて、筋肉活動の邪魔になるものを、一般に疲労素と総称する。この疲労素はできるに従って血流で運び去られるのであるが、一小部分は筋肉内に残るので、あまり続けて筋肉が活動すると、筋肉に疲労素が蓄積して、筋肉の働きは鈍くなってくる。筋肉をしばらく休息させると、疲労素は運び去られて、筋肉は快復するのである。

（正木不如丘『健康を釣る』）

（注1） 葡萄糖：生命活動のエネルギー源となる糖の一種
（注2） 勢力：ここでは「エネルギー」のこと
（注3） 発動機：エンジン

53 葡萄糖の役割として、本文に合致するのはどれか。

1 摂取すると、疲労快復に役立つ。

2 筋肉に必要な水と炭酸ガスになる。

3 筋肉活動に必要な勢力となる。

4 筋肉の消耗を防ぐことができるのは、葡萄糖だけである。

54 筋肉は発動機でガソリンは葡萄糖に該当すると言えるのはなぜか。

1 エネルギーを消費する機関とエネルギー源という関係が類似しており、機関そのものも多少は傷むという点も共通するから

2 エネルギー源と、それを疲労素に変える機関であることが類似しており、機関自体はそのまま維持されるという点も共通するから

3 ガソリンと葡萄糖はいずれも、発動機と筋肉にとってほかに代替のきかないエネルギー源であることが類似しているから

4 エネルギーを使って活動する機関と、エネルギーの供給源であるという関係が類似しており、機関そのものが傷んでもかまわないという点も共通するから

もんだい8

もんだい9

もんだい10

もんだい11

もんだい12

もんだい13

55 筋肉と疲労素の関係として、本文に合致しないものはどれか。

1 血液の流れは、筋肉内の疲労素を取り去るのに役立つ。

2 筋肉を続けて使い過ぎると、疲労素がたまるので筋肉痛になる。

3 血液の流れがよければ、疲労素が筋肉内にいっさいたまらないわけではない。

4 筋肉を使った結果、筋肉の中に生ずる水と炭酸ガスは、疲労素の一種である。

(3)

①新製品の開発は、顧客ターゲット抜きには考えられない。つまり、誰に販売するかということである。「膳」の開発コンセプトが「和食に合うウイスキー」だとして、では、それを誰に売るのか、あるいは、飲んでもらうのか。それはまさしく開発戦略の基本だ。

「晩酌というか、食中酒として提案するわけですから、主として既婚の男性、もっといえば、家庭で日常的に晩酌習慣のある人が対象として考えられるわけです。年齢でいうと、三十代と四十代ということになりますね」と奥水はいう。

かといって、奥水自身が開発した「白角」など、同社にはすでに食中酒がある。それらを晩酌で楽しんでいる人たちが、「膳」に乗り換える（注1）というパターンでは、②市場創造につながらない。その点については、どう考えたのだろうか。

彼は、晩酌にビールを傾けている（注2）人に、いきなりウイスキーを飲んでもらうのは、少し無理があるし、距離があると思った。③彼がターゲットにしたのは、むしろ晩酌に焼酎を傾けている層だ。

「たとえば、晩酌は焼酎、寝る前はウイスキーをたしなむといった人であれば、焼酎と同じ蒸留酒のウイスキーでも、こんなおいしい食中酒がありますよ、と提案をするなら受け入れられるのではないか、と考えたんですね。」

（片山修『サントリーの嗅覚』）

（注１）乗り換える：乗っていた乗り物を降りて別の乗り物に乗る意味から
　　　　　　　　　　転じて、今までの考えや習慣などを捨ててほかのもの
　　　　　　　　　　に換えること

（注２）傾ける：杯を傾けるところから、酒を飲む意

56　①新製品の開発は、顧客ターゲット抜きには考えられないとはどういうことか。

1　新製品の開発で最も重要なのは、商品のコンセプトだということ

2　新製品を開発する前に、顧客を増やす努力をすることが先決だということ

3　特定の層に限定して新製品を開発することが、売り上げを増やすよい方法だということ

4　誰に対して販売するかを明確にして開発することが、開発戦略の基本だということ

57　②市場創造につながらないとはどういうことか。

1　晩酌習慣がある人はその習慣を決して変えようとはしないということ

2　食中酒ばかり開発していては、新しい顧客を獲得することができないということ

3　日常的に晩酌習慣がある人が増加するわけではないということ

4　ある会社の酒を飲んでいる人が、その酒をやめて同社の別の酒を飲むようになっても意味がないということ

58 ③<u>彼がターゲットにしたのは、むしろ晩酌に焼酎を傾けている層だ</u>とあるが、彼の考えに近いものはどれか。

1　寝る前に焼酎を飲むより、ウイスキーを飲むほうが一般的だろう。

2　寝る前にウイスキーを飲む習慣がある人には、受け入れられるだろう。

3　晩酌に焼酎を飲む習慣がある人より、ビールを飲む習慣がある人のほうが多いだろう。

4　焼酎を飲む習慣がある人にとって、焼酎と同じ製法でできているウイスキーは受け入れやすいだろう。

もんだい 8

もんだい 9

もんだい 10

もんだい 11

もんだい 12

もんだい 13

次の文章を読んで、後の問いに対する答えとして、最も良いものを1・2・3・4から一つ選びなさい。

(1)

　長年インタビューをしていて気づいたのは、"聞かれる側の痛み"というものがあることです。①聞く側は、相手の痛みに無関心になりがちです。

　おそらく、私も相手の痛みに気づかず、インタビューしながら知らず知らず（注1）相手を苦しめたことがあったと思います。聞く側は、"聞く"という目的だけを主眼にしているので、どうしても相手の痛みに気づきにくいのです。

> 50題 關鍵句

　親が子どもに、教師が生徒にたずねるときも聞かれる側の痛みが忘れられてきたのではないでしょうか。相手の痛みに気づかず傷つけてしまえば、心を閉ざしてしまうかもしれません。それで話が引き出せなくなるだけではなく、②人間不信につながることもあるわけです。逆に、相手の痛みに過敏になりすぎても、肝心な質問ができなくなることもあります。

> 51題 關鍵句

　どちらにしても、質の高いインタビューをするには、相手の痛みに気づかいながら、相手の気持ちにどのように入っていくか、ここにポイントがありそうです。

> 52題 關鍵句

　ニュースキャスターの久米宏さんの鋭い切り込み（注2）方には定評があります。テレビ独特の方法ですが、政治家にグイグイ切り込むことで、相手を慌てさせて本音を引き出しています。もちろん聞く対象によってテクニックは変えなければなりませんが、③どこまで聞けばいいのか、加減しながら行うのが大切なのです。

(久恒啓一『伝える力』)

（注1）知らず知らず：意識しないうちに、いつの間にか
（注2）切り込む：刃物で深く切る意から転じて、鋭く問いつめること

もんだい 8

もんだい 9

もんだい 10

もんだい 11

もんだい 12

もんだい 13

請閱讀下列(1)～(3)的文章，請從每題所給的四個選項（ 1 ・ 2 ・ 3 ・ 4 ）當中，選出最佳答案。

(1)

　　由長年的訪談經驗中，我發現到一點，那就是有所謂的「被訪者的痛楚」，而①採訪方不大會關心對方的痛楚。

作者指出採訪者不容易察覺到受訪者的痛楚。

　　恐怕我也曾經沒察覺對方的痛楚，在不自覺中（注1）進行訪談，造成了對方的痛苦。由於採訪方只把重點放在「提問」這個目標上，所以很難發現到對方的痛楚。

承上段，其理由是採訪者只把重點放在詢問上。

　　當父母在詢問小孩、或老師在詢問學生時，是否也是忘了被問者的痛楚呢？要是沒留意到對方的痛楚，不小心傷害了他們，可能會使他們把心靈封閉起來。如此一來，不僅什麼都問不出來，②有時甚至會導致他們無法再相信其他人。相反地，假如過度考量對方的痛楚，有時將會造成無法問到關鍵。

點出無視受訪者痛楚可能會讓對方封閉心靈。相對的，太過在意對方的痛楚也會影響訪談。

　　不管是哪一種情形，若想做一場出色的訪談，關鍵恐怕在於如何在察覺到對方痛楚之下，深入對方的心情。

出色訪談的重點就是要留意對方的痛楚並進入對方的心情。

　　新聞主播久米宏先生犀利的追問（注2）方式廣受好評。當然，這是電視節目的獨特手法，藉由積極追問政治家，讓對方慌了陣腳，而引出他們的真心話。當然，依據受訪對象的不同，技巧也必須要改變，不過③重要的是，在採訪時必須看情形調整詢問的深度。

話題轉到久米宏的訪談技巧。並指出訪談中最重要的就是詢問的尺度拿捏。

（久恒啟《傳達的力量》）

（注1）不自覺中：沒有意識的時候、不知不覺間

（注2）切入：以刀刃深深地切開，引申為犀利地逼問

---------- Answer 2

50 ①聞く側は、相手の痛みに無関心になりがちと筆者が考える理由は何か。

1 聞く側は、"聞く"という目的を達成するために、相手の痛みに気づかないふりをするから

2 聞く側は、相手の気持ちよりも、自分の知りたい情報を聞き出すことを優先してしまうから

3 相手の痛みを気にしていたら、自分の知りたい情報を聞き出すという目的を達成することができなくなるから

4 相手が苦しもうが苦しむまいが、聞く側にとっては関係のないことだから
文法詳見 P112

50 作者認為①採訪方不大會關心對方的痛楚的理由是什麼呢？

1 因為採訪這一方為了達成「提問」這個目的，會裝作沒注意到對方的痛楚

2 因為比起對方的心情，採訪方以問出自己想知道的資訊為優先

3 因為若是在意對方的痛楚，就沒辦法達成問出自己所需資訊的目的

4 因為不管對方痛不痛苦，對於採訪方來說都不關自己的事

---------- Answer 1

51 ②人間不信につながることもあるわけですとはどういうことか。

1 インタビューを受ける人が心を傷つけられてしまうと、周囲の人を信じなくなることもあるということ

2 インタビューをする人が心を閉ざしてしまうと、相手の痛みに気づかず傷つけてしまうこともあるということ

3 インタビューをする人が心を閉ざしてしまうと、インタビューを受ける人が周囲の人を信じなくなることもあるということ

4 インタビューをする側とされる側、双方が相手を信じられなくなることもあるということ

51 ②有時甚至會導致他們無法再相信其他人是指什麼呢？

1 一旦受訪者的心靈受傷，就有可能會不再相信周遭的人

2 一旦採訪者封閉心靈，就有可能會沒注意到對方的痛楚而傷害對方

3 一旦採訪者封閉心靈，採訪者就有可能不再相信周遭的人

4 採訪者和受訪者都有可能會變得不信任彼此

第一段主要是提出話題，而解題關鍵就在第二段最後一句：「聞く側は、"聞く"という目的だけを主眼にしているので、どうしても相手の痛みに気づきにくいのです」（由於採訪方只把重點放在「提問」這個目標上，所以很難發現到對方的痛楚）。這個「のです」在這邊是解釋的用法，這句話也就針對了「為什麼採訪者會有這個現象」來進行說明。也就是說，採訪者之所以不容易察覺到對方的痛楚，是因為只著重於「詢問」這個目的。符合這個敘述的是選項 2，對應「聞く」、「主眼にしている」。

文中提到「相手の痛みに気づかず傷つけてしまえば…。それで話が引き出せなくなるだけではなく」（要是沒留意到對方的痛楚，不小心傷害了他們…。如此一來，不僅什麼都問不出來）。可見對方痛苦與否和採訪者其實是有關係的，所以選項 4 不正確。

採訪者沒注意到對方的痛楚而傷害了對方，受訪者不但有可能會封閉心靈，還會有可能不再信任他人。和這個敘述最吻合的就只有選項 1。「インタビューを受ける人」（受訪者）指的是「相手」（對方），「周囲の人を信じなくなる」（不再相信周遭的人）對應「人間不信」（不信任他人）。

選項 2、3 不正確的地方都在封閉心靈的人變成「インタビューをする人」（採訪者）。選項 3 不再相信他人的主詞雖然是受訪者沒錯，但是封閉心靈的人卻是採訪者，前後兩句相互矛盾。此外，由於原文當中沒有提到不信任彼此，所以選項 4 也不正確。

① 這一題問的是劃線部分的理由，可以特別留意「ので」、「から」、「ため」等語詞出現的地方。

選項 1 不正確。「ふりをする」是「假裝」的意思，也就是說採訪者明明有注意到對方的痛楚還假裝沒看到。從第二段來看，可以發現這裡的「無関心」是「気付かない」（沒發現到）、「気付きにくい」（不容易發現到）的意思。

選項 3 不正確。原文只有提出很難去注意到對方的痛楚，並沒有說因為在意對方的痛楚就無法達成詢問的目的。

從四個選項來看，問題重點應該是在「是誰」封閉心靈？這個「人間不信」（不信任他人）的主詞就是第三段所提到的「相手」，也就是說封閉心靈和不相信他人的主詞都是受訪者才對。

Answer **4**

---

52 ③どこまで聞けばいいのか、加減しながら行うのが大切なのですとあるが、ここで筆者が述べている考えに近いものはどれか。

1 相手の痛みに気づかえば、心に入っていけるので、質の高いインタビューをすることができる。

2 相手を慌てさせてグイグイ切り込んでいけば、インタビューは成功する。

3 質の高いインタビューをしたければ、久米宏の真似をすることである。

4 相手への思いやりを持ちつつも、いかに聞きたいことを追及していくかがインタビューの鍵である。

└文法詳見 P112

52 文中提到③重要的是，在採訪時必須看情形調整詢問的深度，下列何者和此處作者所闡述的想法最為接近？

1 只要留意對方的痛楚就能深入對方的心，可以完成出色的訪談。

2 讓對方慌了陣腳再積極地逼問，訪談就能成功。

3 如果想要有出色的訪談，就要模仿久米宏。

4 如何在體貼對方的情況下，追問出想知道的事情，這就是訪談的關鍵所在。

□ 無関心 不關心，不感興趣
□ 知らず知らず 不知不覺
□ 主眼 重點，主要目標
□ 心を閉ざす 封閉心靈
□ 人間不信 不信任他人
□ 過敏 敏感，過敏
□ 肝心 重要，緊要
□ 気づかう 擔心；關懷

□ 切り込む 追問，逼問
□ 定評 廣受好評
□ グイグイ 有力地（進行…）
□ 本音 真心話
□ テクニック【technic】 技巧

　和劃線部分意思最相近的是選項４。選項４呼應了「相手の痛みに気づかいながら、相手の気持ちにどのように入っていくか、ここにポイントがありそうです」（關鍵恐怕在於如何在察覺到對方痛楚之下，深入對方的心情）和「グイグイ切り込む」（積極追問）。

　選項１不正確，敘述少了「グイグイ切り込む」（積極追問）的行為，如果只在乎對方的感受，很有可能會沒問到想問的問題。同樣的，如果只是「相手を慌てさせてグイグイ切り込んでいけば」（讓對方慌了陣腳再積極地逼問），就又少了對受訪者的關心，很有可能會讓對方封閉心靈，由此可見選項２也不正確。

　選項３也不正確，作者只有提到久米宏先生犀利的風格廣受好評，但並沒有要讀者們模仿。

　這一題要看懂劃線部分這句話在說什麼才有辦法作答。這一段開頭先是舉出久米宏先生犀利的採訪風格，說他以步步逼問的方式來問出真心話。不過作者接著提出劃線部份的見解，重點在「加減」（調整），表示在訪談過程中，除了要像久米宏先生一樣能問出自己想知道的事情，重要的還有拿捏發問的程度、尺度，不要問太多而傷害對方。

✍ 重要文法

【動詞意向形】＋うが＋【動詞辭書形；動詞否定形（去ない）】＋まいが。表示逆接假定條件。這句型利用了同一動詞的肯定跟否定的意向形，表示無論前面的情況是不是這樣，後面都是會成立的，是不會受前面約束的。

❶ うが～まいが
不管是…不是…、不管…不…

例句 あなたが信じようが信じまいが、私の気持ちは変わらない。
你相信也好，不相信也罷，我的心意絕對不會改變。

【動詞ます形】＋つつ（も）。「つつ」是表示同一主體，在進行某一動作的同時，也進行另一個動作；跟「も」連在一起，表示連接兩個相反的事物。

❷ つつ（も）
一邊…一邊…；儘管…、雖然…

例句 やらなければならないと思いつつ、今日もできなかった。
儘管知道得要做，但今天還是沒做。

✍ 小知識大補帖

▶與【愛恨、爭鬥】相關的單字

單字	例句
あいせき 愛惜 愛惜	ちち あいせき ほん 父の愛惜していた本。 父親所愛惜的書籍。
うぬぼれ 自惚 自戀	うぬぼれ つよ おとこ きら 自惚の強い男は嫌いだ。 我討厭有自戀狂的男人。
えんせい 厭世 厭世	かのじょ さいきん えんせいてき 彼女は最近、厭世的になっている。 她最近有些厭世。
かえり 顧みる 關心；照顧	かれ かてい かえり よ ゆう 彼は家庭を顧みる余裕がない。 他沒有多餘的力氣去照顧家庭。

きょうげき 挟撃 夾擊	ぜんご 前後から敵に挟撃された。 被敵人前後夾擊。
けんお 嫌悪 嫌惡	ひとり 一人よがりの夫に激しい嫌悪を感じた。 我對自以為是的丈夫感到萬分厭惡。
こうお 好悪 好惡	かれ　なに　たい 彼は何に対しても好悪が激しい。 他不管對什麼都好惡分明。
しこう 嗜好 嗜好；喜好	かれ　しこう　あ そのワインは彼の嗜好に合った。 那瓶紅酒很合他的喜好。
ぞうお 憎悪 憎惡；憎恨	せんそう　ぞうお 戦争を憎悪する。 我憎恨戰爭。
ちょうろう 嘲弄 嘲弄	ぼんよう　さっか　ちょうろう 凡庸な作家を嘲弄する。 嘲弄沒天分的作家。
とが 咎める 怪罪	たにん　しっぱい　とが 他人の失敗を咎める。 怪罪他人的失敗。
はんもん 煩悶 煩悶	れんあいもんだい　はんもん 恋愛問題で煩悶する。 因戀愛問題而煩悶。
ふんぬ 憤怒 憤怒	ふんぬ　み　かお 憤怒に満ちた顔。 臉上充滿憤怒。
もんちゃく 悶着 爭執；糾紛	じけん　ひともんちゃくお この事件から一悶着起きた。 因為這個事件引起糾紛。
らいさん 礼賛 讚揚；歌頌	せんじん　ぎょうせき　らいさん 先人の業績を礼賛する。 歌頌先人的豐功偉業。

(2)

　活動の後には疲労の来るのは当然である。例を筋肉活動にとれば、筋肉が活動するときには、筋肉内で物が消費される。それは主として葡萄糖(注1)である。**葡萄糖は筋肉内で燃焼して、水と炭酸瓦斯とになり、その燃焼によって生ずる勢力(注2)が即ち筋肉の活動力となるのである。**勿論葡萄糖が不足すれば、脂肪や蛋白質が勢力源となることもある。

> 53 題
> 關鍵句

　筋肉そのものは活動するときに、自身消耗することは極力避けているが、しかし幾分かは消耗がある。飛行機の発動機(注3)はガソリンを消費して活動するのであるが、それが活動するときには、発動機そのものも幾分磨滅する。筋肉は発動機でガソリンは葡萄糖に該当する。

> 54 題
> 關鍵句

　筋肉の活動するとき葡萄糖が燃えて生ずる水や炭酸瓦斯は、筋肉活動には邪魔になるものであるから、直ちに血液によって運び去られる。又、筋肉そのものの老廃物も同様である。

　すべて筋肉活動の結果、筋肉内にできて、筋肉活動の邪魔になるものを、一般に疲労素と総称する。**この疲労素はできるに従って血流で運び去られる**のであるが、一小部分は筋肉内に残
└文法詳見 P120
るので、あまり続けて筋肉が活動すると、筋肉に疲労素が蓄積して、筋肉の働きは鈍くなってくる。筋肉をしばらく休息させると、疲労素は運び去られて、筋肉は快復するのである。

> 55 題
> 關鍵句

（正木不如丘『健康を釣る』）

（注1）葡萄糖：生命活動のエネルギー源となる糖の一種
（注2）勢力：ここでは「エネルギー」のこと
（注3）発動機：エンジン

(2)

　　活動過後感到疲勞是理所當然的。以肌肉活動為例，當肌肉活動時，肌肉的內部會消耗物質，這些物質主要是葡萄糖（注1）。葡萄糖在肌肉內部燃燒，變成水和二氧化碳，透過這個燃燒反應而產生的力量（注2），亦即所謂的肌肉活動力。當然，如果葡萄糖不足，脂肪和蛋白質就會成為力量的來源。

　　肌肉本身在活動時會極力避免自我消耗，但還是有一小部分會被消耗掉。比如飛機的發動機（注3）是靠消耗汽油來運作的，當它在運作時，發動機本身也會有部分磨損。肌肉就相當於發動機，而汽油就相當於葡萄糖。

　　肌肉活動時燃燒葡萄糖所產生的水和二氧化碳會干擾肌肉的活動，所以會立刻透過血液運送出去。另外，肌肉的老廢物質也是一樣。

　　所有肌肉活動的產物，也就是在肌肉內部生成，會干擾肌肉活動的東西，一般統稱為疲勞物質。這種疲勞物質在形成之後雖會藉由血液運送出去，不過有一小部分會留在肌肉內部；一旦長時間持續運動肌肉，疲勞物質會累積在肌肉裡，肌肉的效能就會變得遲鈍。讓肌肉暫時休息之後，疲勞物質會被運送出去，肌肉就恢復正常了。

（正木不如丘《促進健康》）

（注1）葡萄糖：作為生命活動能量來源的一種糖類
（注2）力量：這裡是指「能量」
（注3）發動機：引擎

說明肌肉的能量來源主要是燃燒葡萄糖。

指出肌肉活動時難免會消耗肌肉本身。

肌肉活動會燃燒葡萄糖，該產物會影響肌肉活動，所以會立刻透過血液運送出去。

承上段，這種產物（疲勞物質）會有一小部分留在肌肉內造成影響，若讓肌肉休息一陣子就又可以恢復正常。

Answer **3**

53 葡萄糖の役割として、本文に合致するのはどれか。

1 摂取すると、疲労快復に役立つ。

2 筋肉に必要な水と炭酸ガスになる。

3 筋肉活動に必要な勢力となる。

4 筋肉の消耗を防ぐことができるのは、葡萄糖だけである。

53 下列何者和原文提到的葡萄糖的作用最為一致？

1 一攝取就能幫助消除疲勞。

2 能成為肌肉必需的水和二氧化碳。

3 能成為肌肉活動必需的力量。

4 只有葡萄糖能防止肌肉的耗損。

Answer **1**

54 筋肉は発動機でガソリンは葡萄糖に該当すると言えるのはなぜか。

1 エネルギーを消費する機関とエネルギー源という関係が類似しており、機関そのものも多少は傷むという点も共通するから

2 エネルギー源と、それを疲労素に変える機関であることが類似しており、機関自体はそのまま維持されるという点も共通するから

3 ガソリンと葡萄糖はいずれも、発動機と筋肉にとってほかに代替のきかないエネルギー源であることが類似しているから

4 エネルギーを使って活動する機関と、エネルギーの供給源であるという関係が類似しており、機関そのものが傷んでもかまわないという点も共通するから

54 為什麼可以説肌肉就相當於發動機，而汽油就相當於葡萄糖呢？

1 因為消耗能源的構造和能量來源的關係很類似，構造或多或少都會稍有損害這點也雷同

2 因為能量來源和把能量來源變成疲勞物質的構造相似，構造本身可以維持原貌這點也雷同

3 因為汽油和葡萄糖對發動機和肌肉來説都是不可取代的能量來源，這點很類似

4 因為使用能量進行活動的構造和能量供給源的關係很類似，構造本身即使稍有損害也無妨這點也雷同

もんだい 8

もんだい 9

もんだい 10

もんだい 11

もんだい 12

もんだい 13

解題關鍵在「葡萄糖は筋肉内で燃焼して、水と炭酸瓦斯とになり、その燃焼によって生ずる勢力が即ち筋肉の活動力となるのである」（葡萄糖在肌肉內部燃燒，變成水和二氧化碳，透過這個燃燒反應而產生的力量），也就是説，葡萄糖是肌肉活動的能量來源。四個選項當中，最符合這個敘述的是選項 3。

選項 1 不正確。攝取葡萄糖和消除疲勞無關。

關於選項 2，從第一段可以得知葡萄糖燃燒後會變成水和二氧化碳沒錯，但是第三段提到肌肉活動時燃燒葡萄糖所產生的水和二氧化碳會干擾肌肉的活動，所以應是不必要的東西才對。

> ！ 這一題問的是葡萄糖的作用。從段落主旨中可以發現，答案就在第一段當中。

> 選項 4 不正確。第二段提到肌肉消耗，不過作者只有説肌肉本身在活動時會極力避免自我消耗，但還是有一小部分會被消耗掉，並沒有説明該如何防止。

第二段開頭先提到肌肉難免都會有消耗的情形。接著話題轉到飛機的發動機（引擎），表示飛機是靠汽油來飛行的，在飛行過程中也會耗損發動機。此外，在第一段當中作者也有説明肌肉之所以能活動是靠葡萄糖燃燒產生力量。由此可見肌肉活動和飛機飛行的原理很類似，都有個能量來源（葡萄糖、汽油），在活動的過程當中也多少會耗損自身（肌肉、發動機）。四個選項當中最符合以上敘述的是選項 1。

選項 2 不正確。雖然文章中也有關於把能量來源變成疲勞物質的構造的敘述，但這並不是肌肉的本質，飛機方面也沒有提到疲勞物質的相關情報。而且不管是肌肉還是飛機，在活動過程都會有所耗損，所以不會維持原貌。

> ！ 這一題用「なぜ」來詢問劃線部分的理由。劃線部分在第二段最後一句，不妨從這個段落找出答案。

> 選項 3 不正確。文中説明如果葡萄糖不夠，脂肪、蛋白質也可以成為肌肉活動的能量來源。所以葡萄糖是可以被取代的。至於飛機方面就沒有提到汽油是不可或缺的能量來源。

> 選項 4 不正確。因為原文當中並沒有説肌肉、發動機有耗損也沒關係。

55 筋肉と疲労素の関係として、本文に合致しないものはどれか。

1 血液の流れは、筋肉内の疲労素を取り去るのに役立つ。

2 筋肉を続けて使い過ぎると、疲労素がたまるので筋肉痛になる。

3 血液の流れがよければ、疲労素が筋肉内にいっさいたまらないわけではない。

4 筋肉を使った結果、筋肉の中に生ずる水と炭酸ガスは、疲労素の一種である。

55 關於肌肉和疲勞物質的關係，下列何者和原文不吻合呢？

1 血液的流動可以幫助除去肌肉內部的疲勞物質。

2 過度持續使用肌肉，就會堆積疲勞物質而造成肌肉疼痛。

3 並不是說只要血液流動順暢，疲勞物質就完全不會堆積在肌肉內部。

4 使用肌肉後的產物，也就是在肌肉當中產生的水和二氧化碳，都屬於疲勞物質。

□ 疲労 疲勞，疲乏
□ 葡萄糖 葡萄糖
□ 燃焼 燃燒
□ 炭酸瓦斯 二氧化碳
□ 生ずる 產生
□ 脂肪 脂肪
□ 蛋白質 蛋白質
□ 消耗 消耗，耗費
□ 極力 極力，盡可能

□ 磨滅 磨損
□ 該当 相當，符合
□ 老廃物 老廢物質
□ 総称 統稱
□ 蓄積 累積
□ 摂取 攝取
□ 類似 類似，相似
□ 傷む 損壞
□ 代替 取代

選項 1 正確，對應「この疲労素はできるに
従って血流で運び去られる」（這種疲勞物質
在形成之後雖會藉由血液運送出去）。

選項 2 不正確。文章當中只有提到「筋肉に
疲労素が蓄積して、筋肉の働きは鈍くなって
くる」（疲勞物質會累積在肌肉裡，肌肉的效
能就會變得遲鈍），並沒有說會疼痛。

選項 3 對應「一小部分は筋肉内に残る」
（有一小部分會留在肌肉內部）。這是正確的敘
述。

選項 4 可以對應「筋肉の活動するとき葡
萄糖が燃えて生ずる水や炭酸瓦斯は、筋肉活
動には邪魔になるものである」（肌肉活動時
燃燒葡萄糖所產生的水和二氧化碳會干擾肌肉
的活動）、「すべて筋肉活動の結果、筋肉内
にできて、筋肉活動の邪魔になるものを、一
般に疲労素と総称する」（所有肌肉活動的產
物，也就是在肌肉內部生成，會干擾肌肉活動
的東西，一般統稱為疲勞物質）這兩句。選項
4 也是正確的敘述。

這一題要特別留意問題問的
是「不吻合」，可別選到正確
的敘述了！問題聚焦在肌肉和
疲勞物質的關係，從段落主旨
可以看出答案就在最後一段。

這題要選的是「和原文不吻
合」的選項，所以正確答案是
2！

✏ 重要文法

> 【動詞辭書形】＋にしたがって。前面接表示人、規則、指示等的名詞，表示按照、依照的意思。

❶ にしたがって／にしたがい

依照…、按照…、隨著…

例句 収入の増加にしたがって、暮らしが楽になる。

隨著收入的增加，生活也寬裕多了。

✏ 小知識大補帖

▶【接續詞】是什麼呢？──用來連接兩個短語或句子的語詞

例：だから→今日は快晴だ。だから、ピクニックに行く。

例：所以→今天天氣晴朗。所以野餐去吧！

作　用	用　法	單　字
順接 順接	A（原因、理由）→ B（結果、結論） A(原因、理由)→ B（結果、結論）	それで、そこで、だから、 因而　　於是　　所以 すると、したがって 結果　　　因此
逆接 逆接	A←→B（逆） A←→B（相反）	だが、けれども、しかし、 但　　可是　　然而 ところが、だけど… 　但是　　　不過
說明、 補足 說明、補充	A←B（説明、補足） A←B（說明、補充）	つまり、すなわち、なぜなら、 即是　也就是説　原因是 ただし、もっとも… 可是　　話雖如此
添加 添加	A＋B（付け加える） A＋B（附加）	そして、それに、 還有　　再加上 しかも、なお… 而且　　又
並立 並立	A、B（並べる） A、B（排列）	また、および、ならびに 另外　　以及　　　及

転換 転換	A→B（話題を変える） A→B（轉換話題）	さて、ところで、では、 且説　　可是　　　那麼 ときに… 　是説
対比、選択 對比、選擇	A、B（どちらかを選ぶ） A、B（從中擇一）	それとも、あるいは、 　還是　　　　或者 または、もしくは… 抑或是　　　或

---

(3)

①新製品の開発は、顧客ターゲット抜きには考えられない。つまり、誰に販売するかということである。「膳」の開発コンセプトが「和食に合うウイスキー」だとして、では、それを誰に売るのか、あるいは、飲んでもらうのか。それはまさしく開発戦略の基本だ。

└文法詳見 P128

> 56 題
> 關鍵句

「晩酌というか、食中酒として提案するわけですから、主として既婚の男性、もっといえば、家庭で日常的に晩酌習慣のある人が対象として考えられるわけです。年齢でいうと、三十代と四十代ということになりますね」と奥水はいう。

かといって、奥水自身が開発した「白角」など、同社にはすでに食中酒がある。それらを晩酌で楽しんでいる人たちが、「膳」に乗り換える(注1)というパターンでは、②市場創造につながらない。その点については、どう考えたのだろうか。

> 57 題
> 關鍵句

彼は、晩酌にビールを傾けている(注2)人に、いきなりウイスキーを飲んでもらうのは、少し無理があるし、距離があると思った。③彼がターゲットにしたのは、むしろ晩酌に焼酎を傾けている層だ。

「たとえば、晩酌は焼酎、寝る前はウイスキーをたしなむといった人であれば、焼酎と同じ蒸留酒のウイスキーでも、こんなおいしい食中酒がありますよ、と提案をするなら受け入れられるのではないか、と考えたんですね。」

> 58 題
> 關鍵句

(片山修『サントリーの嗅覚』)

(注1) 乗り換える：乗っていた乗り物を降りて別の乗り物に乗る意味から転じて、今までの考えや習慣などを捨ててほかのものに換えること

(注2) 傾ける：杯を傾けるところから、酒を飲む意

(3)

　①新產品的開發必須考慮到客群。也就是説，要販售給誰。「膳」的開發概念是「適合日式料理的威士忌」，那麼，要將它賣給誰呢？或是説，想請誰來喝呢？這的確就是開發戰略的基本。

　「提案的概念是晚餐時喝的酒，或者説是餐中酒，所以主要是針對已婚男性，進一步來説，亦即以平時在家有晚上喝酒習慣的人為對象」，奥水如是説。

　雖説如此，但該公司已經有餐中酒的產品了，像是奥水親自開發的「白角」等等。即使讓這些在晚餐享受品酒之樂的客群，改變習慣換成（注1）喝「膳」，這樣的銷售模式②無法開拓市場客源。關於這點，他有什麼看法呢？

　他認為，若要原本晚上往杯裡倒（注2）啤酒的人，突然改喝威士忌，不但有些勉強，也不太容易接受。③於是他將客群鎖定為在晚餐喝燒酒的族群。

　「我的想法是，若是向原本晚餐喝燒酒、睡前愛好威士忌的人提議『和燒酒同為蒸餾酒的威士忌，也出了一支好喝的餐中酒喔！』也許他們比較容易接受。」

　　　　　　　　　　　　　（片山修《三多利的嗅覺》）

（注1）改換：從原本搭成的交通工具下來，換搭別的
　　　　　交通工具。從這個意思引申為捨棄以往的想法
　　　　　和習慣，培養其他的想法和習慣
（注2）倒：從傾注酒杯的概念，引申為飲酒之意

──────

直接破題點明新產品的開發一定要想到販售的對象。

借由開發者奥水的一番話帶出「膳」這支威士忌的販售對象。

借由開發者奥水的一番話帶出「膳」這支威士忌的販售對象。

承上段，作者點出客群設定的疑點。

進一步説明奥水是如何鎖定客群的。

Answer **4**

56 ①新製品の開発は、顧客ターゲット抜きには考えられないとはどういうことか。

1 新製品の開発で最も重要なのは、商品のコンセプトだということ

2 新製品を開発する前に、顧客を増やす努力をすることが先決だということ

3 特定の層に限定して新製品を開発することが、売り上げを増やすよい方法だということ

4 誰に対して販売するかを明確にして開発することが、開発戦略の基本だということ

56 ①新產品的開發必須考慮到客群指的是什麼呢？

1 開發新產品最重要的就是商品的概念

2 開發新產品之前的先決條件就是要努力增加顧客

3 鎖定特定族群再開發新產品，才是提升業績的好方法

4 弄清楚要賣給誰再來開發，是開發戰略的基礎步驟

Answer **4**

57 ②市場創造につながらないとはどういうことか。

1 晩酌習慣がある人はその習慣を決して変えようとはしないということ

2 食中酒ばかり開発していては、新しい顧客を獲得することができないということ

3 日常的に晩酌習慣がある人が増加するわけではないということ

4 ある会社の酒を飲んでいる人が、その酒をやめて同社の別の酒を飲むようになっても意味がないということ

57 ②無法開拓市場客源指的是什麼呢？

1 有在晚餐喝酒習慣的人絕對不會改變這種習慣的

2 只專注開發餐中酒是無法獲得新顧客的

3 平時有在晚餐喝酒習慣的人並不會增加

4 固定喝某家公司旗下的某支酒的人，即使不喝這支酒而改喝同一家公司的另一支酒，也沒有實質上的意義

劃線部分：「新製品の開発は、顧客ターゲット抜きには考えられない」（新產品的開發必須考慮到客群）。「ターゲット」原意是「目標」，在商業、行銷相關領域是指「目標市場」、「消費族群」。「Ｎ＋抜き」意思是「除掉⋯」，也就是說屏除前項來做後項的行為。

下一句「つまり」（也就是說、簡而言之）的作用就是總括前項，用在加以解釋、導出結論或是換句話說時。後面的「誰に販売するかということである」（要販售給誰）就是在針對劃線部分進行說明。所以這句話是在強調客群設定的重要性。四個選項當中最符合敘述的是 4，剛好第一段段尾也有「開発戦略の基本」（開發戰略的基本）。

選項 1 敘述有誤。雖然文章當中有出現「商品のコンセプト」（商品的概念）的相關敘述，但作者並沒有說這是開發新產品當中最重要的一環。

選項 2 也不正確。因為文章當中沒有提到開發新產品之前要努力增加顧客。

從文章整體來看並不能說選項 3 不正確，不過這一題問的是劃線部分，而劃線部分以及劃線部分上下文都沒有提到「売り上げを増やすよい方法」（提升業績的好方法）。

解題關鍵就在劃線部分前面的句子：「かといって、奥水自身が開発した『白角』など、同社にはすでに食中酒がある。それらを晩酌で楽しんでいる人たちが、『膳』に乗り換えるというパターンでは」（雖說如此，但該公司已經有餐中酒的產品了，像是奥水親自開發的「白角」等等。即使讓這些在晚餐享受品酒之樂的客群，改變習慣換成喝「膳」），句末的「で」表示在某個狀態下，所以由此可見這個「パターン」（模式）會導致劃線部分的結果。

這句話整體是在說該公司已經有了其他的餐中酒，像是「白角」等等。要這些喝慣「白角」的人改喝「膳」，就「無法和市場創造有所連結」。重點就在這個「同社」（同一家公司），也就是說這些人就算改喝「膳」，也只不過是拿自家商品打自家商品，沒辦法開發新的客群，對公司來說是沒有什麼幫助的。四個選項當中，最接近這個想法的是選項 4。

選項 2 雖對應「市場創造につながらない」，但作者並沒有覺得公司已經有了餐中酒卻又開發新的餐中酒是不好的，重要的是如何找出不一樣的消費者。別忘了「客群設定」是整篇文章中最重要的關鍵字，而最後兩段也就是針對這個新的餐中酒作出不同的客群設定。所以選項 2 不正確。

IIII

Answer **4**

58 ③彼がターゲットにした
のは、むしろ晩酌に焼酎を
傾けている層だとあるが、
彼の考えに近いものはどれ
か。

1 寝る前に焼酎を飲むより、
ウイスキーを飲むほうが
一般的だろう。

2 寝る前にウイスキーを飲む
習慣がある人には、受け入
れられるだろう。

3 晩酌に焼酎を飲む習慣があ
る人より、ビールを飲む習
慣がある人のほうが多いだ
ろう。

4 焼酎を飲む習慣がある人に
とって、焼酎と同じ製法で
できているウイスキーは受
け入れやすいだろう。

58 文中提到③於是他將客群鎖定
為在晚餐喝燒酒的族群，下列
何者和他的想法最為相近？

1 比起睡前喝燒酒，喝威士忌比
較常見吧？

2 有睡前喝威士忌習慣的人應該
會接受吧？

3 比起晚餐習慣喝燒酒的人，喝
啤酒的人比較多吧？

4 對於習慣喝燒酒的人來說，和
燒酒製法相同的威士忌比較容
易被接受吧？

□ 顧客 顧客，主顧
□ ターゲット【target】 目標，標的
□ コンセプト【concept】 概念
□ まさしく 的確，確實
□ 戦略 戰略
□ 晩酌 晚飯時喝的酒；晚飯時飲酒
□ 既婚 已婚
□ かといって 雖說如此

□ 乗り換える 改換
□ 焼酎 燒酒
□ たしなむ 愛好
□ 蒸留 蒸餾
□ 先決 首先決定，首先要解決
□ 限定 限定，限制（範圍等）
□ 獲得 取得
□ 製法 製造方式

重點在「焼酎と同じ蒸留酒のウイスキーでも、こんなおいしい食中酒がありますよ」（和燒酒同為蒸餾酒的威士忌，也出了一支好喝的餐中酒喔）。因為威士忌和燒酒同樣都是蒸餾酒（將釀造酒再經過蒸餾的酒），而威士忌也有很好喝的餐中酒（膳）。這麼推銷的話，也許習慣喝燒酒的人也能接受威士忌，在晚餐時也有可能改喝「膳」。和這個想法最接近的是選項4。

選項1、3原文中都沒提到，所以都不正確。選項2雖然可以對應「寝る前はウイスキーをたしなむといった人」（睡前愛好威士忌的人），但是別忘了這個是「たとえば」（比方説），也就是一種假設，更何況重要的不是睡前喝什麼酒，而是在晚餐時喝燒酒這件事才對。所以也不正確。

解題關鍵在最後一段，這一段是奧水針對客群設定的進一步解釋，也就是針對劃線部分的説明。

選項4，「焼酎を飲む習慣がある人」對應文中「晩酌は焼酎」。「焼酎と同じ製法でできているウイスキー」對應文中「焼酎と同じ蒸留酒のウイスキー」。「受け入れやすい」對應文中「受け入れられる」。

✎ 重要文法

【名詞】＋抜きには。表示「如果沒有⋯，就做不到⋯」。相當於「⋯なしでは、なしには」。

❶ 抜きには 如果沒有⋯、沒有⋯的話

例句 この商談は、社長抜きにはできないよ。

這個洽談沒有社長是不行的。

✎ 小知識大補帖

▶ 【呼應副詞】是什麼呢？──有固定的說法

呼應	用法	副詞	例句
ような 一般	【たとえ】と呼応する 和【比喻】呼應	まるで 簡直	まるで夢のような出来事だった。 簡直就像是美夢一般的事。
		ちょうど 宛如	ちょうど雪のような白さだ。 宛如雪一樣的白。
ない 不	【打ち消し】と呼応する 和【否定】呼應	とうてい 怎麼也⋯	とうてい自分が悪いとは思えない。 我怎麼也不覺得是自己的錯。
		少しも 一點也⋯	少しも私のことを考えてくれない。 一點也不為我想想。
		決して 絕對	決して君のことを裏切らない。 我絕對不會背叛你的。

もんだい8

もんだい9

もんだい10

もんだい11

もんだい12

もんだい13

ないだろう、まい 不…吧、沒有…吧	【打ち消し推量】と呼応する 和【否定推測】呼應	まさか 該不會…	まさか宿題はないだろう。 該不會有作業吧?
か 呢	【疑問、反語】と呼応する 和【疑問、反語】呼應	なぜ 為何	なぜ牛乳を飲まないのか。 為何你不喝牛奶呢?
う 吧	【推量】と呼応する 和【推測】相互呼應	たぶん 大概	たぶん宿題は出ないだろう。 大概不會出作業吧?
ても、たら 就算、如果	【仮定】と呼応する 和【假定】相互呼應	たとえ 即使	たとえ負けても泣くな。 即使輸了也不要哭!
		もし 如果	もし勝っていたら大泣きしただろう。 如果贏了我會大哭。
ください 請	【願望】と呼応する 和【願望】相互呼應	どうか 請…	どうか願いをかなえてください。 請實現我的願望。
		ぜひ 務必	ぜひご覧ください。 請務必過目。

▶ 家事

子どもがいない間に部屋を片付けよう。
趁小孩不在時收拾打掃家裡吧。

いくらなんでもこんなに汚れた部屋はひどい。
再怎麼講，這麼髒的房間實在太說不過去了。

毎日掃除機をかけますか。
每天都用吸塵器清掃嗎？

週に1度はお風呂をきれいに磨きます。
每星期掃一次浴室，把它刷得乾乾淨淨。

天気がいいので窓拭きをしましょう。
天氣很好，我們來擦窗戶吧。

朝は掃除や洗濯などで忙しい。
早上又是打掃又是洗衣的，非常忙碌。

洗濯機、何で動かないんだ。
為什麼洗衣機不會動呢？

電気が入ってないんじゃない。
你根本沒插插頭啊！

雨が降っていて三日間も洗濯ができなかった。
雨一直下個不停，已經連續三天沒辦法洗衣服了。

他に洗うものはありますか。
還有沒有要洗的東西？

この染みはもう落ちないと思うよ。
我想這塊污漬應該洗不掉了吧。

白い服と色物の服は分けて洗濯します。
我會把白色衣物和有顏色的衣物分開來洗。

ちゃんと脱水しないと、乾きが悪いですよ。
如果不好好脫水的話，就不容易乾哦！

そのセーターはドライクリーニングに出します。
那件毛衣要送洗。

ついでに運動靴も洗っておきましょう。
也順便洗一下運動鞋吧。

シーツが汚くなったから取り換えましょう。
床單都髒了，換條新的吧。

ごみを集めよう。
把垃圾集中起來吧。

新聞やペットボトルは廃品回収に出します。
把報紙和寶特瓶拿出去資源回收。

台所から料理を運んでテーブルに並べました。
從廚房裡端出菜餚放到餐桌上。

食事が終わったらお皿を台所に持っていってください。
吃完飯後請將碗盤拿到廚房。

お皿を落として割ってしまいました。
我不小心把盤子摔破了。

私の部屋に棚を作ってくれました。
他在我的房間裡幫我做了一個置物架。

お風呂場をリフォームしたいです。
我想要改裝浴室。

ワイシャンのアイロンがけは面倒です。
熨燙衣服是件麻煩的事。

応接間の電球を取り換えてください。
請更換客廳裡的燈泡。

もんだい 10

理解內容／長文

> 讀完包含抽象性與論理性的社論或評論等，約 1000 字左右的文章，測驗是否能夠掌握全文想表達的想法或意見。

考前要注意的事

▶ 作答流程 & 答題技巧

閱讀說明	先仔細閱讀考題說明

閱讀 問題與內容

預估有 4 題

1 考試時建議先看提問及選項，再看文章。

2 提問一般用「～とは、どういう意味か？」（所謂～，是什麼意思呢？）、文章中的某詞彙的意思「□□に入る言葉はどれか」（□□ 要填入哪個字呢？）、作者的想法或文章內容「筆者が一番言いたいことはどんなことか」（作者最想說的是哪一件事？）的表達方式。

3 解題關鍵就在仔細閱讀有畫線及填空的句子的前後文，這裡經常會出現提示。

4 多次出現的詞彙，換句話說的表現方式也都是重點！表達作者的觀點、目的、主張的地方，常出現「べきだ、のではないか、とよい」等表現方式。

答題	選出正確答案

次の文章を読んで、後の問いに対する答えとして最もよいものを、1・2・3・4から一つ選びなさい。

　二十五年ほど前、高等学校の理科の教科内容が改定され、「理科Ｉ」という教科が設立されることになった。ある教科書会社での教科書作りに協力しなければならない事情ができた。「理科Ｉ」というのは、「物化生地」つまり物理学・化学・生物学・地学の四教科にこだわらずに、理科の全体像を掴むことを目的に考案された教科で、高等学校に進学した一年生の生徒すべてに課せられるものということだった。

　理科全体と言っても、「理科Ｉ」で扱うべきものとして、やはり上の四教科に関連した項目が、指導要領のなかで文部省 (注) によって指定されている。たまたま私は物理学に関連する「慣性」という概念の説明の部分を受け持つことになった。私は次のような原案を造った。

　「物体はいろいろな運動状態にあります。静止している、あるいは運動している。慣性というのは、そうした物体の持つ性質であって、外から力が加わらない限り、今の運動状態を続けようとする性質のことを言います」

　大学の先生方を集めた編集委員会は通ったこの文章が、①社内の審査で引っかかった。「これではだめです」「どこがだめですか」「それがお判りになりませんか。それでは②理科教育の本質がわかっていないことになりますよ」そんなや

り取りがあった。それでも私は判らなかった。読者は上の文章のどこが「だめ」かお判りですか。

　会社の担当者の説明はこうだった。最後の文章の実質上の主語は「物体」である。それが受けている動詞は「続けようとする」である。そのなかの「う」というのは意志を表す助動詞である。「物体」が「意志」を持つ、というのはともすれば子供たちが抱きがちな非科学的な考え方で、理科教育の目的の一つは、そうした非科学的な考え方を子供たちの頭から追い出すことにある。上の文章は、その目的に真っ向から反している。そういうわけで問題の個所は「今の運動状態を続ける傾向を持つ」と修正されたのであった。

　このエピソードに「科学」という知的営みの自己規定が最も鮮明に表現されている。つまり、科学とは、この世界に起こる現象の説明や記述から、「こころ」に関する用語を徹底的に排除する知的活動なのである。言い換えれば、「この世界のなかに起こるすべての現象を、ものの振舞いとして記述し説明しようとする」活動こそ科学なのである。

（村上陽一郎『科学の現在を問う』）

（注）文部省：現在の文部科学省の前身となった省庁の一つ

58 筆者の原案が①社内の審査で引っかかったのはなぜか。

1 筆者の頭の中も実は非科学的だったから

2 筆者の記述が子供たちの誤解を招きかねないと思われたから

3 この説明では子供たちには難しすぎるから

4 筆者は会社の担当者がいう理科教育の目的に真っ向から反対したから

59 ここでいう②理科教育の本質の一つは何か。

1 子供たちが「物化生地」の四教科をバランスよく学び、理科の全体像を掴むこと

2 子供たちに「物化生地」の四教科の枠組みを超えた理科を学ばせること

3 子供たちが持っている自然界に対する誤った認識を正すこと

4 非科学的な考えを持った子供を学校から追い出すこと

60 最終段落にある「科学」の定義に一番近いものはどれか。

1 この世界に起こる現象や出来事は神によるのではないと証明すること

2 この世界に起こる現象や出来事を人間の力で解明すること

3 この世界に起こる現象や出来事を物質の働きとして説明すること

4 この世界に起こる現象や出来事を実験によって検証すること

もんだい 8

もんだい 9

もんだい 10

もんだい 11

もんだい 12

もんだい 13

IIII

翻譯與解題 ①

次の文章を読んで、後の問いに対する答えとして最もよいものを、1・2・3・4から一つ選びなさい。

　　二十五年ほど前、高等学校の理科の教科内容が改定され、「理科Ⅰ」という教科が設立されることになった。ある教科書会社での教科書作りに協力しなければならない事情ができた。
　　「理科Ⅰ」というのは、「物化生地」つまり物理学・化学・生物学・地学の四教科にこだわらずに、理科の全体像を掴むことを目的に考案された教科で、高等学校に進学した一年生の生徒すべてに課せられるものということだった。
　　理科全体と言っても、「理科Ⅰ」で扱うべきものとして、やはり上の四教科に関連した項目が、指導要領のなかで文部省(注)によって指定されている。たまたま私は物理学に関連する「慣性」という概念の説明の部分を受け持つことになった。私は次のような原案を造った。
　　「物体はいろいろな運動状態にあります。静止している、あるいは運動している。慣性というのは、そうした物体の持つ性質であって、外から力が加わらない限り、今の運動状態を続けようとする性質のことを言います」。└文法詳見 P146
　　大学の先生方を集めた編集委員会は通ったこの文章が、①社内の審査で引っかかった。「これではだめです」「どこがだめですか」「それがお判りになりませんか。それでは②理科教育の本質がわかっていないことになりますよ」そんなやり取りがあった。それでも私は判らなかった。読者は上の文章のどこが「だめ」かお判りですか。

請閱讀下列文章，並從每題所給的四個選項（1・2・3・4）當中，選出最佳答案。

　　大約在二十五年前，高級中學的理科教材內容做了重新審定，制訂了「理科Ｉ」這門科目。出於某些緣由，我不得不協助某家教科書出版社製作教科書。所謂的「理科Ｉ」，就是物理、化學、生物、地球科學這四門課不分科授課，而是重新設計一門能夠縱覽理科全貌的整合性科目，並且規定升上高級中學一年級的所有學生都要修課。

高中理科設立「理科Ｉ」的目的是幫助學生掌握理科全貌。

　　理科的全貌這句話看似簡要，但文部省（注）仍在指導要領裡訂定了「理科Ｉ」應當授課的內容，亦即上述四門課程的相關科目。我恰巧負責解釋物理學裡的「慣性」概念。以下是我當初寫的原始教案：

指導要領關於「理科Ｉ」的內容是由文部省規定的。作者在一家出版社寫教科書時負責「慣性」的說明。

　　「物體處於各式各樣的運動狀態，比如靜止不動，或是正在運動。所謂的慣性，就是指物體的相關特性，亦即只要物體不受到外力，就能去維持現在的運動狀態」

承上段，引用該說明的內容。

　　由幾位大學教授組成的編輯委員會審核通過了這段敘述，卻①在出版社社內部的審查中被打了回票。「不能這樣寫」、「哪裡不對了？」、「您不明白嗎？那麼表示您不了解②理科教育的本質喔」──我和出版社有了上述的對話。儘管如此，我還是不懂。讀者們知道上面那段敘述到底哪裡「不對」嗎？

承上段，這段內容卻遭到退稿。

会社の担当者の説明はこうだった。最後の文章の実質上の主語は「物体」である。それが受けている動詞は「続けようとする」である。そのなかの「う」というのは意志を表す助動詞である。「物体」が「意志」を持つ、というのはともすれば子供たちが抱きがちな非科学的な考え方で、理科教育の目的の一つは、そうした非科学的な考え方を子供たちの頭から追い出すことにある。上の文章は、その目的に真っ向から反している。そういうわけで問題の個所は「今の運動状態を続ける傾向を持つ」と修正されたのであった。

このエピソードに「科学」という知的営みの自己規定が最も鮮明に表現されている。つまり、科学とは、この世界に起こる現象の説明や記述から、「こころ」に関する用語を徹底的に排除する知的活動なのである。言い換えれば、「この世界のなかに起こるすべての現象を、ものの振舞いとして記述し説明しようとする」活動こそ科学なのである。

（村上陽一郎『科学の現在を問う』）

（注）文部省：現在の文部科学省の前身となった省庁の一つ

58 題 關鍵句
59 題 關鍵句
60 題 關鍵句

□ 改定 重新審定（法律等）
□ 設立 設立（新制度等）
□ こだわる 拘泥
□ 全体像 全貌
□ 掴む 掌握
□ 考案 設計
□ 課す 受（教育等）義務
□ 指導要領 指導要領
□ 概念 概念

□ 受け持つ 擔負責任
□ 原案 草案
□ 物体 物體
□ 静止 靜止
□ 審査 審査
□ 引っかかる 受阻，卡關
□ 本質 本質
□ 実質 實質
□ ともすれば 或許，説不定

　　出版社承辦人員的説明如下：最後一句實際上的主語是「物體」，其動詞是「去維持」。這當中的「去」是表示意志的助動詞。「物體」擁有「意志」，這是孩子們容易發生的非科學性思考方式，而理科教育的目的之一，就是要將這種非科學性的思考方式趕出孩子們的腦袋之外。上面的敘述則和這個目的背道而馳。因此，有問題的部分最後被修正為「就有維持現在的運動狀態的傾向」。

> 退稿的理由是原文敘述有非科學性思考，恐怕會誤導學生，有違理科教育的設立目的所以需要修正。

　　這段插曲最能鮮明地展現「科學」這個知識行為的自我定義。也就是説，科學即是一種知識性活動，從針對世間現象的説明或記述當中，徹底排除和「心靈」相關的用語。換句話説，「將世上發生的所有現象，都當成是事物的舉動，進而予以記述説明」的活動，才是真正的科學。

> 結論。作者表示科學是將所有現象都解釋為事物的作用的一門學問。

　　　　　　　　　　　（村上陽一郎《試問今日的科學》）

（注）文部省：省廳之一，現今文部科學省的前身

□ 真っ向から　全面地，根本地

□ エピソード【episode】　插曲，小故事

□ 規定　規則；定義

□ 鮮明　鮮明

□ 徹底的　徹底

□ 振舞い　舉動，舉止

□ 誤解を招く　招來誤解

□ 枠組み　框架，結構

□ 認識　認識，理解

□ 正す　糾正

□ 検証　驗證

IIII

翻譯與解題 ①

Answer **2**

58 筆者の原案が①社内の審査で引っかかったのはなぜか。

1 筆者の頭の中も実は非科学的だったから

2 筆者の記述が子供たちの誤解を招きかねないと思われたから
└ 文法群見 P146

3 この説明では子供たちには難しすぎるから

4 筆者は会社の担当者がいう理科教育の目的に真っ向から反対したから

58 作者的原始教案為什麼會①在出版社社內部的審查中被打了回票呢？

1 因為作者的頭腦其實也是非科學性的

2 因為作者的敘述被認為容易造成孩子們的誤解

3 因為這個説明對孩子們而言太困難了

4 因為作者徹底反對出版社承辦人所説的理科教育目的

Answer **3**

59 ここでいう②理科教育の本質の一つは何か。

1 子供たちが「物化生地」の四教科をバランスよく学び、理科の全体像を掴むこと

2 子供たちに「物化生地」の四教科の枠組みを超えた理科を学ばせること

3 子供たちが持っている自然界に対する誤った認識を正すこと

4 非科学的な考えを持った子供を学校から追い出すこと

59 這裡所説的②理科教育的本質之一是什麼呢？

1 讓孩子們均衡地學習「物化生地」四個科目，掌握理科的全貌

2 讓孩子們學習超越「物化生地」四個科目框架的理科

3 糾正孩子們對自然界抱持的不正確認識

4 將抱持非科學性思考的孩子從學校趕出去

解題關鍵在「『う』というのは意志を表す助動詞である。『物体』が『意志』を持つ、というのはともすれば子供たちが抱きがちな非科学的な考え方」（「去」是表示意志的助動詞。「物體」擁有「意志」，這是孩子們容易發生的非科學性思考方式），以及「上の文章は、その目的に真っ向から反している」（上面的敘述則和這個目的背道而馳）這兩句。

這個目的指的就是「理科教育の目的」（理科教育的目的）。作者在解釋慣性時，用了表示意志行為的助動詞。不過從科學的角度來看，物體不會有意志，孩子們有可能會因此認為物體有意志，這樣的説明就是在支持孩子的非科學性思考方式，所以作者才會被退稿。四個選項當中選項 2 的敘述最正確。

> 這一題考的是劃線部分的原因。從段落主旨來看，關於這部分的解釋是在第五段，可以從這個段落找出答案。

> 原文當中並沒有説作者的思考方式是非科學性的，也沒有提到這段説明對孩子們來説太難懂，所以選項 1、3 都不正確。選項 4 雖然可以對應「真っ向から反している」（背道而馳），不過原文中「相反」的主語是文章，但是選項敘述卻是作者，所以選項 4 也不正確。

選項 1 不正確，文章中提到的「全体像を掴む」（掌握理科的全貌）是針對「理科Ⅰ」的説明，並非指理科教育整體。而且文章中沒有提到「バランスよく」（均衡地）的相關敘述。

選項 2 不正確，文中的「四教科にこだわらずに」（這四門課不分科授課）只是設立「理科Ⅰ」的目的，並不是理科教育的本質。

選項 3 正確，文中提到「理科教育の目的の一つは、そうした非科学的な考え方を子供たちの頭から追い出すことにある」（理科教育的目的之一，就是要將這種非科學性的思考方式趕出孩子們的腦袋之外），這是正確答案。

選項 4 不正確，文章中並沒有説要把這樣的孩子逐出校園。

> 這一題問的是劃線部分的內容。為了節省時間，可以用刪去法來作答。

60 最終段落にある「科学」の定義に一番近いものはどれか。

1 この世界に起こる現象や出来事は神によるのではないと証明すること

2 この世界に起こる現象や出来事を人間の力で解明すること

3 この世界に起こる現象や出来事を物質の働きとして説明すること

4 この世界に起こる現象や出来事を実験によって検証すること

60 下列何者和最後一段的「科學」定義最為相近？

1 證明世上發生的現象或事件都不是由神創造的

2 以人類的力量解釋世上發生的現象或事件

3 以物質的作用説明世上發生的現象或事件

4 透過實驗來驗證世上發生的現象或事件

補充單字

□ 根拠　根據
□ 根底　根底，基礎
□ 根本　根本，根源，基礎
□ 真相　（事件的）真相
□ 直感　直覺；直接觀察到
□ 断言　斷言，斷定，肯定
□ 断然　斷然；顯然；堅決
□ 模索　摸索；探尋
□ 論理　邏輯；道理，規律

□ 察する　推測，觀察，判斷
□ 錯誤　錯誤
□ 改訂　修訂
□ 概念　（哲）概念；概念的理解
□ 概説　概説，概述，概論
□ 箇条書き　逐條地寫，列舉
□ コメント【comment】　解説，評語，註釋
□ 読者　讀者

　選項 1 不正確，文章當中沒有提到有關神力的事情。

　選項 2 不正確，文章當中沒有提到要靠人類的力量來探究科學。

　選項 3 正確，「物質の働き」（物質的作用）對應最後的「ものの振舞い」（事物的舉動）。

　選項 4 不正確，因為文章當中沒有提到科學要透過實驗來驗證。

これ一題考的是科學定義。題目已經提示了「最後一段」，所以可以從文章的最後一段找線索、再用刪去法作答。

　原文提到「この世界のなかに起こるすべての現象を、ものの振舞いとして記述し説明しようとする」（將世上發生的所有現象，都當成是事物的舉動，進而予以記述說明）。也就是說，科學是將世上所有現象都當成是事物的「舉動」來記述說明。

□ 盲点（もうてん）（眼球中的）盲點；漏洞

□ ごもっとも　對，正確，肯定

□ 見地（けんち）觀點，立場；勘查土地

翻譯與解題 ①

✏ 重要文法

> 【動詞否定形】＋ないかぎ
> り。表示只要某狀態不發生
> 變化，結果就不會有變化。
> 含有如果狀態發生變化了，
> 結果也會有變化的可能性。

❶ ない限り 除非…否則就…、只要不…就…

例句 しっかり練習しないかぎり、優
勝はできません。
要是沒紮實做練習，就沒辦法獲勝。

> 【動詞ます形】＋かねない。
> 「かねない」是接尾詞「か
> ねる」的否定形。表示有這
> 種可能性或危險性。有時用
> 在主體道德意識薄弱，或自
> 我克制能力差等原因，而有
> 可能做出異於常人的某種事
> 情。一般用在負面的評價。

❷ かねない

很可能…、也許會…、說不定將會…

例句 あんなにスピードを出しては事
故も起こしかねない。
開那麼快，很可能會發生事故。

✏ 小知識大補帖

▶ 一個漢字的サ行變格動詞

動　　詞	意　　思
愛する	愛、喜愛
応じる／応ずる	接受；答應；按照
害する	有害；危害；殺害
感じる／感ずる	感覺；反應
禁じる／禁ずる	禁止；控制
察する	推察；體諒
称する	稱為
信じる／信ずる	相信
煎じる／煎ずる	煎；熬；煮
託する	託付；藉口；寄託

達する	到達；完成
罰する	責罰、處分；判罪
反する	違反；反對
封じる／封ずる	封；封鎖
訳する	翻譯；解釋
略する	省略；攻取
論じる／論ずる	討論；論述

　漢字2字の名詞は、「する」を付けてサ行変格動詞にすることができるものが多くありますが、漢字1字に「する」が付くサ行変格動詞は数が限られています。これらの中で、「する」なしで漢字1字だけで名詞として使えるものは多くありません。

　有很多由兩個漢字所組成的名詞，可以在後面接上「する」，變成サ行變格動詞。不過由一個漢字接上「する」的サ行變格動詞卻為數不多。在這些動詞當中，拿掉「する」後還能當成名詞來使用的一字漢字也很少。

　漢字1字のサ行変格動詞のうち、「愛する」「訳する」など一部の動詞は、活用が五段活用的に変化しています。また、「する」のはずが「しる」に変化し、両方使われている場合もあります。そういった動詞では、一般に「〜しる」の形の方が口語的で、「〜する」の形の方が文語的なのですが、「〜しる」は一般に活用が上一段化しています。

　在一個漢字的サ行變格動詞當中，有一部分的動詞，像是「愛する」、「訳する」等，其活用類似於五段動詞的變化。此外，有時候「する」會變成「しる」，或是兩者皆可。像這樣的動詞，通常「〜しる」的形式偏向口語，「〜する」的形式則是用於文章體，而「〜しる」一般來說活用是上一段化。

　日本語の動詞の活用は、昔はもっと種類が多く、変格活用する動詞もたくさんありましたが、だんだん単純化してきました。それを考えると、いつかサ行変格動詞がなくなるということも、あるのかもしれませんね。

　過去的日語動詞活用種類更多。以前雖然有很多變格活用動詞，但已逐漸簡化。由此看來，サ行變格動詞或許某一天也會消失呢！

次の文章を読んで、後の問いに対する答えとして、最も良いものを1・2・3・4から一つ選びなさい。

　江戸っ子だから「恨みっこ、なし！」で育ったが、一度だけ（何の恨みもないのに）①世間がねたましく（注1）狂いそうになったことがある。

　今から19年前の91年11月7日の朝。脳卒中（注2）で倒れ三日三晩の昏睡から、やっと目覚めた。

　何が起こったのか？　家族が勢ぞろいしている理由が分からない。右半身まひ、言語障害でしゃべれないことにも気づかなかった。

　1週間ぐらいたって、やっと②「ただならぬ事態」に気づく。何もしゃべれない姿を見た知人は病室を出ると「ヤツもこれでおしまいだ」とつぶやいた。上司からは「サンデー毎日の編集長を辞めてもらう！」と通告された。

　会社もクビになるのか？坂道を転げ落ちたような気分だった。

　せめて話せたら……せめて、車椅子で会社に行ければ……泣いた。周囲の「五体満足の姿」がねたましく思えた。生きる目的も、夢もなくなった。

　職場で「下」になる。親戚の中でも「下」になってしまう。収入も「下」？　「下」という価値観にとらわれた。

多分、うつ病（注3）にかかったのだろう。③一時は自殺まで考えた。

　まあ、監獄（かんごく）に入ったり、重病になったりすれば、狂いそうになってもおかしくないが……国が「下」の症候群になると始末が悪い。経済で中国に抜かれ、外交戦略は世界から無視され、借金地獄の国家財政、人口も減る……高度成長を成し遂げた「豊かなはずの日本人」（特に組織の歯車として闘った企業戦士）が「これまで、俺は何をしていたのか？」という虚脱感に襲われる。

　目的も夢もなくなった「下の国」？　今、日本はそんな気分なのだろう。

　日本の近代化を描いた司馬遼太郎さんの「坂の上の雲」が一大ブームになっている。でも、これも「下の国」症候群の裏返しではないのか？

　日清・日露戦争を連戦連勝して「坂」を上り詰めた明治の日本人を人々は羨望する。個人より国が大事な明治だから！と素直に評価し、その裏側で「これからの日本は？」と悲観する。

　でも、歴史は登山と下山の繰り返し。第二次世界大戦の敗戦で「下」に落ちた日本は戦後、経済大国になったじゃないか。

　「下の国」症候群はうつ病の一種だろう。慌てて、歴史ドラマのナショナリズムに逃げ込むことはない。しばらくは……坂の「下」の雲も良い眺めではないか？

（『牧太郎の大きな声では言えないが…：坂の「下」の雲』）

（注1）ねたましい：うらやましくて憎らしい

（注2）脳卒中：脳の血管障害により、急に倒れ、運動や言語などが不自由になる症状

（注3）うつ病：精神病の一つで、絶望感・不安などにとらわれる

59 ①世間がねたましく狂いそうになったことがあるとあるが、なぜそうなったのか。

1　江戸っ子なので、恨みたくても特定の相手を恨むことはできないから

2　坂道を転げ落ちたせいで脳卒中になり、倒れたから

3　不運に遭ったのは自分だけで、ほかの人は今まで通りピンピンして元気だから

4　職場でも、親戚の中でも、収入も、「下」になったから

60 ここでの②「ただならぬ事態」とはどんなことだと考えられるか。

1　体が動かない上、周囲の人にも見捨てられてしまったこと

2　世間がねたましく狂いそうな状態にあること

3　体が不自由になり、仕事も今まで通りにはできそうにないこと

4　脳卒中で倒れて、回復の見込みがないと医者に言われたこと

61　③一時は自殺まで考えたのはなぜか。

1　重病になるのは、監獄に入っているようなものだと思ったから

2　何においても自分は人より「下」の立場にあるという考え方にとらわれたから

3　たとえ生きる目的や夢があっても、実現することはできないと考えたから

4　日本が「下」の国になってしまい、虚脱感に襲われたから

62　筆者の考え方に最も近いのはどれか。

1　明治時代のように、個人より国家を大事にしなければ、国家は成長を続けることができない。

2　戦後の日本が成長できなかったのは、ナショナリズムがなかったせいである。

3　歴史の流れからすると、「下の国」になった日本がもう一度輝かしい時代を取り戻すのは困難だ。

4　一国の歴史には起伏があるから、停滞している日本の現状を悲観しすぎる必要はない。

次の文章を読んで、後の問いに対する答えとして、最も良いものを1・2・3・4から一つ選びなさい。

江戸っ子だから「恨みっこ、なし！」で育ったが、一度だけ（何の恨みもないのに）①世間がねたましく（注1）狂いそうになったことがある。

今から19年前の91年11月７日の朝。脳卒中（注2）で倒れ三日三晩の昏睡から、やっと目覚めた。

何が起こったのか？家族が勢ぞろいしている理由が分からない。右半身まひ、言語障害でしゃべれないことにも気づかなかった。 ◀ 60題 關鍵句

１週間ぐらいたって、やっと②「ただならぬ事態」に気づく。何もしゃべれない姿を見た知人は病室を出ると「ヤツもこれでおしまいだ」とつぶやいた。上司からは「サンデー毎日の編集長を辞めてもらう！」と通告された。

会社もクビになるのか？　坂道を転げ落ちたような気分だった。

せめて話せたら……せめて、車椅子で会社に行ければ……泣いた。周囲の「五体満足の姿」がねたましく思えた。生きる ◀ 59題 關鍵句 目的も、夢もなくなった。

職場で「下」になる。親戚の中でも「下」になってしまう。 ◀ 61題 關鍵句 収入も「下」？　「下」という価値観にとらわれた。

多分、うつ病（注3）にかかったのだろう。③一時は自殺まで考えた。

まあ、監獄に入ったり、重病になったりすれば、狂いそうになってもおかしくないが……国が「下」の症候群になると始末が悪い。経済で中国に抜かれ、外交戦略は世界から無視され、借金地獄の国家財政、人口も減る……高度成長を成し遂げた

請閱讀下列文章，並從每題所給的四個選項（１‧２‧３‧４）當中，選出最佳答案。

我是個道地的江戶人，從小就被灌輸「不能怨恨別人！」的觀念，不過只有一次（分明沒什麼仇）曾經①憤世嫉俗（注1）得快要發瘋的經驗。

> 作者指出自己曾一度憤世嫉俗到快發瘋的地步。

事情發生在距今 19 年前，1991 年 11 月 7 日的早上。我因腦溢血（注2）而病倒，昏睡了三天三夜才終於醒來。

到底發生什麼事了？我不明白為何全家人都湊在我的面前。連自己右半身癱瘓、語言障礙導致無法說話這些狀況都沒發現。

> 承接上一段。憤世嫉俗的原因是因為他突然腦溢血，跌落人生谷底的他覺得自己什麼都居下位，嫉妒他人，萬念俱灰，甚至還想尋死。

大概過了一個禮拜，我終於發現到②「事態非同小可」。前來探病的親友看到我沒辦法開口說話的樣子，在離開病房後嘟噥著「那傢伙已經完了」；上司則是告知我「你離開 SUNDAY 每日的總編位置吧！」

連公司都要炒我魷魚嗎？我的心情就像是從坡道上滾落下去一樣。

我哭了……若是至少能說話就好了……如果至少能坐輪椅上班就好了……。我開始恨起周遭人「四肢健全的模樣」。我失去了人生的目標和夢想。

我在職場上掉到「下位」，在親友戚中也掉到「下位」，連收入都變成「下位」了嗎？我陷入「下位」的價值觀當中。

我猜當時大概得了憂鬱症（注3）吧？③有段時間甚至還產生了自殺的念頭。

這也難怪，當人們入監服刑或是身患重症的時候，幾乎要發瘋也不是什麼奇怪的事。……不過，假如國家罹患了「下位」症候群，可就難以收拾了。日本在

> 話題轉到國家上，作者指出如果國家也陷入這種「下位」的悲觀想法就不妙了。

「豊かなはずの日本人」（特に組織の歯車として闘った企業戦士）が「これまで、俺は何をしていたのか？」という虚脱感に襲われる。

　目的も夢もなくなった「下の国」？　今、日本はそんな気分なのだろう。

　日本の近代化を描いた司馬遼太郎さんの「坂の上の雲」が一大ブームになっている。でも、これも「下の国」症候群の裏返しではないのか？

　日清・日露戦争を連戦連勝して「坂」を上り詰めた明治の日本人を人々は羨望する。個人より国が大事な明治だから！と素直に評価し、その裏側で「これからの日本は？」と悲観する。

　でも、**歴史は登山と下山の繰り返し。**第二次世界大戦の敗戦で「下」に落ちた日本は戦後、経済大国になったじゃないか。

　「下の国」症候群はうつ病の一種だろう。慌てて、歴史ドラマのナショナリズムに逃げ込むことはない。しばらくは……坂の「下」の雲も良い眺めではないか？

　　　　　（『牧太郎の大きな声では言えないが…：坂の「下」の雲』）

（注1）ねたましい：うらやましくて憎らしい
（注2）脳卒中：脳の血管障害により、急に倒れ、運動や言語などが不自由になる症状
（注3）うつ病：精神病の一つで、絶望感・不安などにとらわれる

62 題
關鍵句

□ 江戸っ子 在江戸（現東京）土生土長的人
□ ねたましい 感到嫉妒
□ 脳卒中 腦溢血
□ 昏睡 昏睡
□ 勢ぞろい 齊聚一堂
□ まひ 癱瘓，麻痺

□ 言語障害 語言障礙
□ ただならぬ 不尋常的，非一般的
□ つぶやく 嘟噥，嘀咕
□ 通告 告知
□ 五体満足 四肢健全
□ うつ病 憂鬱症

□ 監獄 監獄
□ 症候群 症候群
□ 始末が悪い 難以處理
□ 成し遂げる 完成
□ 歯車 齒輪
□ 虚脱感に襲われる 虚脱感襲來

經濟上被中國超越，在外交戰略上又被國際忽視，國家財政陷入欠債地獄，人口也日漸減少……。曾經達成經濟高度成長而「應該很富裕的日本人」（特別是身為組織的螺絲釘而奮鬥不懈的企業戰士）如今遭到「長久以來，我到底做了些什麼？」的無力感重重打擊。

失去目標和夢想的「下位國」？現在的日本就是這種心情吧。

近來，司馬遼太郎先生描寫日本近代化的《坂上之雲》正在狂銷熱賣。不過，反過來說，這不也是「下位國」症候群嗎？

以暢銷書「坂上之雲」一書點出日本人既羨慕明治時期的光輝，又擔憂日本的未來。

現代人個個羨慕明治時期的日本人在日清與日俄戰爭中連戰連勝，攀上「坡道」的榮光，並且由衷讚嘆：「畢竟那是國家比個人更重要的明治時期哪！」但一方面他們又感到悲觀：「那麼，往後的日本該何去何從呢？」

不過，歷史就是反覆的爬山和下山。日本在第二次世界大戰中戰敗而掉到「下位」，在戰爭結束候不是成了經濟大國嗎？

「下位國」症候群算是一種憂鬱症吧？大家犯不著慌慌張張地逃進歷史劇的民族主義當中。讓我們暫且欣賞……坡道「下方」的雲朵，也挺賞心悅目呀，不是嗎？

歷史必有興衰起落，作者以此勉勵讀者不用為了國家走下坡一事而心慌。

（《牧太郎的悄悄話……：坡道「下方」的雲朵》）

（注1）憤世嫉俗：痛恨社會世態
（注2）腦溢血：由腦部的血管障礙所引起的症狀，會突然倒下，無法自由運動、說話等等
（注3）憂鬱症：精神疾病的一種，會陷於絕望感、不安等等

□ ブーム【boom】 風潮，熱潮
□ 裏返し 反過來，表裡相反
□ 上り詰める 爬到頂峰
□ 羨望 羨慕
□ 悲観 悲觀
□ ナショナリズム【nationalism】 民族主義，國家主義
□ ピンピン 健壯貌
□ 見捨てる 棄而不顧
□ 見込み 希望，可能性
□ とらわれる 被俘，被逮捕
□ 輝かしい 輝煌，光輝
□ 起伏 盛衰，起落
□ 停滞 停滯，停頓

-- Answer **3**

59 ①<ruby>世間<rt>せけん</rt></ruby>がねたましく<ruby>狂<rt>くる</rt></ruby>いそうになったことがあるとあるが、なぜそうなったのか。

1 <ruby>江戸<rt>えど</rt></ruby>っ<ruby>子<rt>こ</rt></ruby>なので、<ruby>恨<rt>うら</rt></ruby>みたくても<ruby>特定<rt>とくてい</rt></ruby>の<ruby>相手<rt>あいて</rt></ruby>を<ruby>恨<rt>うら</rt></ruby>むことはできないから

2 <ruby>坂道<rt>さかみち</rt></ruby>を<ruby>転<rt>ころ</rt></ruby>げ<ruby>落<rt>お</rt></ruby>ちたせいで<ruby>脳卒中<rt>のうそっちゅう</rt></ruby>になり、<ruby>倒<rt>たお</rt></ruby>れたから

3 <ruby>不運<rt>ふうん</rt></ruby>に<ruby>遭<rt>あ</rt></ruby>ったのは<ruby>自分<rt>じぶん</rt></ruby>だけで、ほかの<ruby>人<rt>ひと</rt></ruby>は<ruby>今<rt>いま</rt></ruby>まで<ruby>通<rt>どお</rt></ruby>りピンピンして<ruby>元気<rt>げんき</rt></ruby>だから

4 <ruby>職場<rt>しょくば</rt></ruby>でも、<ruby>親戚<rt>しんせき</rt></ruby>の<ruby>中<rt>なか</rt></ruby>でも、<ruby>収入<rt>しゅうにゅう</rt></ruby>も、「<ruby>下<rt>した</rt></ruby>」になったから

59 文中提到①憤世嫉俗得快要發瘋的經驗,為什麼會變成這樣呢?

1 因為是道地的江戶人,即使想怨恨也無法怨恨特定的對象

2 因為從坡道上滾下,造成腦溢血而病倒

3 因為遭受不幸的只有自己,其他人都和以往一樣活得好好的

4 因為在職場上、在親戚中,以及收入,全都變成「下位」

-- Answer **3**

60 ここでの②「ただならぬ<ruby>事態<rt>じたい</rt></ruby>」とはどんなことだと<ruby>考<rt>かんが</rt></ruby>えられるか。

1 <ruby>体<rt>からだ</rt></ruby>が<ruby>動<rt>うご</rt></ruby>かない<u>上</u>、<ruby>周囲<rt>しゅうい</rt></ruby>の<ruby>人<rt>ひと</rt></ruby>にも<ruby>見捨<rt>みす</rt></ruby>てられてしまったこと
└文法詳見 P160

2 <ruby>世間<rt>せけん</rt></ruby>がねたましく<ruby>狂<rt>くる</rt></ruby>いそうな<ruby>状態<rt>じょうたい</rt></ruby>にあること

3 <ruby>体<rt>からだ</rt></ruby>が<ruby>不自由<rt>ふじゆう</rt></ruby>になり、<ruby>仕事<rt>しごと</rt></ruby>も<ruby>今<rt>いま</rt></ruby>まで<ruby>通<rt>とお</rt></ruby>りにはできそうにないこと

4 <ruby>脳卒中<rt>のうそっちゅう</rt></ruby>で<ruby>倒<rt>たお</rt></ruby>れて、<ruby>回復<rt>かいふく</rt></ruby>の<ruby>見込<rt>みこ</rt></ruby>みがないと<ruby>医者<rt>いしゃ</rt></ruby>に<ruby>言<rt>い</rt></ruby>われたこと

60 文中提到②「事態非同小可」可以想見是哪種事態呢?

1 不僅身體動不了,還被周遭的人棄而不顧

2 處於憤世嫉俗而快要發瘋的狀態

3 手腳變得不方便,也無法像以往一樣工作

4 因腦溢血而病倒,醫生告知無法康復

劃線部份的「ねたましく」（憤世嫉俗）可以對應文中「周囲の『五体満足の姿』がねたましく思えた」（我開始恨起周遭達人「四肢健全的模樣」）。作者當時因腦溢血導致身體部分機能喪失，所以不想看到別人健康的樣子，這也就是他憤世嫉俗的原因。四個選項當中最符合這個敘述的是選項 3。

從文章整體來看，作者並沒有表示自己是道地的江戶人所以無法怨恨特定的對象，因此選項 1 不正確。

選項 2 不正確，作者並沒有特別提到自己腦溢血的原因，更沒說自己有從坡道上滾下。

選項 4 雖然可以對應到「職場で『下』になる。親戚の中でも『下』になってしまう。収入も『下』？」（我在職場上掉到「下位」，在親友戚中也掉到「下位」，連收入都變成「下位」了嗎），但後面兩句只是作者自己的負面想像，所以選項 4 也不正確。

這一題考的同樣是劃線部分。劃線部分的「ただならぬ」是連語，意思是「非比尋常的」、「不是普通的」。在此「ただならぬ事態」翻譯翻成「事態非同小可」，換個比較口語的講法就是「事情大條了」。

劃線部分的完整句子是「1週間ぐらいたって、やっと『ただならぬ事態』に気づく」（大概過了一個禮拜，我終於發現到「事態非同小可」）。解題關鍵就在上一句：「右半身まひ、言語障害でしゃべれないことにも気づかなかった」（連自己右半身癱瘓、語言障礙導致無法說話這些狀況都沒發現），作者的右半身癱瘓、語言障礙、再加上「会社もクビになる」（被公司炒魷魚）等等，這些不幸就是所謂的「ただならぬ事態」（事態非同小可）。正確答案是 3。

這一題考的是劃線部分的原因，劃線部分在第一段。第一段很短，主要是用劃線部分這句話當開頭引出下面的話題。所以可以從這一段之後的內容來找答案。

選項 1 不正確，原文當中並沒有提到周圍的人棄他於不顧。

選項 2 是由「ただならぬ事態」（事態非同小可）所引起的結果，並不是指「ただならぬ事態」（事態非同小可）本身，所以也不正確。

由於文章當中並沒有提到醫生說了什麼，所以選項 4 也不正確。

翻譯與解題 ②

Answer 2

61 ③一時は自殺まで考えたのはなぜか。

1 重病になるのは、監獄に入っているようなものだと思ったから

2 何においても自分は人より「下」の立場にあるという考え方にとらわれたから

3 たとえ生きる目的や夢があっても、実現することはできないと考えたから

4 日本が「下」の国になってしまい、虚脱感に襲われたから

61 為什麼作者③有段時間甚至還產生了自殺的念頭呢？

1 因為覺得罹患重病就像是入監服刑一樣

2 因為對任何事情的思考模式都是自己比別人居於「下位」

3 因為覺得就算有人生的目標和夢想，也無法實現

4 因為日本變成「下位」國家，受到無力感的重重打擊

Answer 4

62 筆者の考え方に最も近いのはどれか。

1 明治時代のように、個人より国家を大事にしなければ、国家は成長を続けることができない。

2 戦後の日本が成長できなかったのは、ナショナリズムがなかったせいである。

3 歴史の流れからすると、「下の国」になった日本がもう一度輝かしい時代を取り戻すのは困難だ。

4 一国の歴史には起伏があるから、停滞している日本の現状を悲観しすぎる必要はない。

62 下列何者最接近作者想法？

1 如果不像明治時代一樣，比起個人更以國家為重，國家就無法持續成長。

2 戰後日本之所以無法成長，一切歸咎於缺乏民族主義。

3 從歷史的演變來看，成為「下位國」的日本要再挽回光輝時代是很困難的。

4 一個國家的歷史有盛有衰，所以沒必要對於日本停滯的現狀感到悲觀。

　解題關鍵在第七段：「職場で『下』になる。親戚の中でも『下』になってしまう。収入も『下』？『下』という価値観にとらわれた」（我在職場上掉到「下位」，在親友戚中也掉到「下位」，連收入都變成「下位」了嗎？我陷入「下位」的價值觀當中）。就是這種「下位」價值觀讓他憤世嫉俗，甚至想要自殺。正確答案是 2。

　選項 1 不正確。「まあ、監獄に入ったり、重病になったりすれば、狂いそうになってもおかしくないが」（這也難怪，當人們入監服刑或是身患重症的時候，幾乎要發瘋也不是什麼奇怪的事）這句話只是舉出入監服刑或是身患重症這些事都有可能會讓人發瘋，並不是說身患重病就像是被關進監獄一樣。

　選項 3 不正確的地方在「たとえ生きる目的や夢があっても」，「たとえ〜ても」表示假設，不過原文中寫道「生きる目的も、夢もなくなった」（我失去了人生的目標和夢想），可見作者當時的確失去活下去的目的和夢想，所以這個敘述不正確。

　選項 4 也不正確。選項敘述的主詞應該是「豊かなはずの日本人」（應該很富裕的日本人）才對，並不是在說作者本身。

　選項 1，從第 12 段可以得知崇尚、羨慕明治時代的並不是作者本人，而是「人々」。不過這一題問的是作者的想法，所以選項 1 不正確。

　選項 2 不正確。第 13 段提到：「第二次世界大戦の敗戦で『下』に落ちた日本は戦後、経済大国になったじゃないか」（日本在第二次世界大戰中戰敗而掉到「下位」，在戰爭結束候不是成了經濟大國嗎），表示二次大戰後日本有變成經濟大國，所以它並非毫無成長。

　選項 3 也不正確。文中提到「歴史は登山と下山の繰り返し」（歷史就是反覆的爬山和下山），所以選項 3 的敘述不符合原文。

　這一題問的是作者的想法，像這種詢問看法、意見的題目，為了節省時間，建議用刪去法作答。

　選項 4 正確，對應原文「歴史は登山と下山の繰り返し」（歷史就是反覆的爬山和下山）和「慌てて、歴史ドラマのナショナリズムに逃げ込むことはない。しばらくは……坂の『下』の雲も良い眺めではないか？」（大家犯不著慌慌張張地逃進歷史劇的民族主義當中。讓我們暫且欣賞……坡道「下方」的雲朵，也挺賞心悦目呀，不是嗎）。作者表示歷史本來就有所起伏，要讀者們在劣勢中從容面對國家的現況。

✏ 重要文法

> 【名詞の；形容動詞詞幹な；[形容詞・動詞]普通形】＋上（に）。表示追加、補充同類的內容。也就是在本來就有的某種情況之外，另外還有比前面更甚的情況。

❶ 上（に）

…而且…、…不僅…、…而且…、在…之上，又…

例句 この部屋は、眺めがいい上に清潔です。

這房子不僅景觀好，而且很乾淨。

✏ 小知識大補帖

▶【複合語】是什麼呢？──由幾個單字結合而成的語詞。

複合語（名詞）	單字組合	詞性
山桜 山櫻	山＋桜	名詞＋名詞
消しゴム 橡皮擦	消す＋ゴム	動詞＋名詞
高値 高價	高い＋値	形容詞＋名詞
人々 人們	人＋人	同じ名詞を重ねる 重複同樣的名詞
竹の子 竹筍	竹＋の＋子	名詞＋助詞＋名詞
物語 故事	物＋語る	名詞＋動詞
受け取り 收下	受ける＋取る	動詞＋動詞
遠まわり 繞道	遠い＋まわる	形容詞＋動詞

足早 あしばや 腳步快	足＋早い あし　はや	名詞＋形容詞
遠浅 とおあさ （海灘）平淺	遠い＋浅い とお　　あさ	形容詞＋形容詞

複合語（動詞）	單字組合	詞　性
物語る ものがた 講、表明	物＋語る もの　かた	名詞＋動詞
勉強する べんきょう 讀書、用功	勉強＋する べんきょう	名詞＋動詞
投げ出す な　　だ 扔出、拋棄	投げる＋出す な　　　　だ	動詞＋動詞
近寄る ちか　よ 靠近	近い＋寄る ちか　　　よ	形容詞＋動詞

複合語（形容詞）	單字組合	詞　性
酒臭い さけくさ 帶酒氣味的	酒＋臭い さけ　くさ	名詞＋形容詞
寝苦しい ねぐる 難以入睡的	寝る＋苦しい ね　　くる	動詞＋形容詞
痛がゆい いた 又痛又癢的	痛い＋かゆい いた	形容詞＋形容詞
軽々しい かるがる 草率的	軽い＋軽い かる　　かる	同じ形容詞を重ねる 重複同樣的形容詞

▶ 情緒

このテレビ、すごく面白いよ。
這個電視節目非常好笑哦！

笑いすぎておなかが痛い。
笑得太激動了，肚子好痛。

今日は楽しい1日でした。
今天真是開心的一天。

彼女はいつもテンションが高いね。
她總是情緒高昂啊。

田宮さんは親切で明るい人なので、一緒にいるととても楽しいです。
田宮先生既親切又開朗，所以和他相處非常愉快。

感謝の気持ちでいっぱいです。
滿懷感激之情。

マーチを聞くと気持ちが明るくなる。
只要聆聽進行曲，心情就會變得豁然開朗。

みんなノリノリでお祭りの準備をしています。
大家正興高采烈地準備祭典。

この子、今日はご機嫌斜めみたい。
這孩子今天好像不太高興。

このところちょっと落ち込み気味です。
近來情緒有點低落。

今日はあまり気分が乗りません。
今天的心情不太好。

今さらどうしようもできません。
事到如今已經無法補救了。

何もすることがなくてつまらない。
無所事事，真是無聊透頂。

残念な結果に終わりましたが、後悔はありません。
儘管結果不如人意，但是沒有後悔。

仕事はうまくいかないし、妻はうるさいし、何もかもいやになった。
工作不順利，妻子又嘮叨，所有的一切快把我逼瘋了。

理由もなく怒られて、本当に腹立たしい。
毫無來由地被人發洩怒氣，真令我火冒三丈。

私は感情が表に出やすいです。
我很容易把喜怒哀樂寫在臉上。

どうしてそんなに不貞腐れているのですか。
為什麼要那麼不高興呢？

もんだい
11

閱讀二、三篇約 600 字的文章,測驗能否將文章進行比較整合,並理解內容。主要是以報章雜誌的專欄、投稿、評論等為主題的簡單文章。

綜合理解

考前要注意的事

▶ 作答流程 & 答題技巧

閱讀說明 ···· 先仔細閱讀考題說明

閱讀問題與內容

預估有 3 題

1 考試時先閱讀提問跟選項,這樣就可以知道什麼地方要仔細閱讀。再看文章並猜想主題,一邊閱讀文章的時候,一邊留意提問要問的內容(共同點或相異點等)。

2 提問一般是,比較兩篇以上文章的「共同點」及「相異點」,例如「〜AとBの観点はどのようなものか。」(〜A、B的觀點為何?)、「AとBのどちらにも書かれている内容はどれか。」(A、B都有寫到的內容是哪個?)

3 由於考驗的是整合、比較能力,平常可以多看不同報紙,針對相同主題論述的專欄、評論文。

答題 ···· 選出正確答案

次のＡとＢは、若者の問題に対する意見である。後の問いに対する答えとして最もよいものを、１・２・３・４から一つ選びなさい。

Ａ

　　近年、フリーター・ニート・引きこもりといった言葉をよく耳にするようになった。「きちんとした大人」たちから見れば、彼らは単なる「落ちこぼれ」あるいは「迷惑者」にしか見えないかもしれない。しかし、彼らの生きる時代はかつての高度経済成長期とは違うのだ。長引く不況で雇用が不安定になるなど、今の大人世代が若かったころとは違う先の見えない世の中で、彼らは彼らなりにもがいている。中には、インターネットでかつてない新しいタイプの事業を興して（注1）、少なからぬ収入を得る人も現れるなど、新しい動きもある。彼らが今後どのような地平を切り開いて（注2）ゆくのか、もうしばらく見守ってみようではないか。

Ｂ

　　このごろ、定職に就こうとしない、また、働けるのに働こうとせず、自分の世界に閉じこもって社会との関わりを持とうとしない、そんな「困った若者」たちが増えている。彼らは、いい歳をしてまともな収入もなく、親のすねをかじって（注3）生きている。大学出や、中には大学院を出ている者も相当多い。このままでは、日本の未来はどうなるのか。それでなくても少子高齢化により、今後の税収は減るし、老人の年金や介護など、問題は山積みなのだ。彼らが「きちんとした大人」になって社会の構成員としての責任を果たせるように、行政は彼らの自立を支援するべきだ。また、もっと若い年齢層、たとえば中学生・高校生についても、将来の就労意欲を育むよう、教育改革を急ぐ必要がある。

（注1）　興す：新しく始める

（注2）　地平を切り開く：ほかの人達の知らない世界を開拓する

（注3）　親のすねをかじる：親に養ってもらう、親に生活するための
　　　　　金を出してもらう

61　AとBに共通するテーマは何か。

1　若者への就業教育の重要性

2　きちんとした大人とは

3　大人から若者への意見

4　定職のない若者たち

62　AとBの論点はどのようなものか。

1　Aは、若者の問題を社会の変化と関連付けて捉え、若者
　に好意的な意見を述べている。Bは、社会の行く先を憂
　えて、若者を変えるべきだと述べている。

2　Aは、若者は今後新たな世界を築いていくに違いないと
　期待を述べている。Bは、若者がこのように非社会的に
　なったのは教育が悪いと行政を批判している。

3　Aは、問題のある若者もいずれは彼らなりの生き方を確
　立するに違いないと述べている。Bは、教育をよくすれ
　ば、将来社会の役に立ちたいという若者の意欲を育てる
　ことができると提言している。

4　Aは、フリーター・ニート・引きこもりを相手にする必要
　はないと述べている。Bは、若者に自立するよう勧め、
　大人は彼らを支えるべきだと述べている。

63 AとBはどのような関係にあるか。

1   Bは、Aに賛同する意見を述べている。

2   Bは、Aとは反対の意見を述べている。

3   Bは、Aについての補足意見となっている。

4   Bは、Aに対して懐疑的な意見を述べている。

もんだい 8
もんだい 9
もんだい 10
もんだい 11
もんだい 12
もんだい 13

IIII

翻譯與解題 ①

次のAとBは、若者の問題に対する意見である。後の問いに対する答えとして最もよいものを、1・2・3・4から一つ選びなさい。

A

近年、フリーター・ニート・引きこもりといった言葉をよく耳にするようになった。「きちんとした大人」たちから見れば、彼らは単なる「落ちこぼれ」あるいは「迷惑者」にしか見えないかもしれない。しかし、彼らの生きる時代はかつての高度経済成長期とは違うのだ。長引く不況で雇用が不安定になるなど、今の大人世代が若かったころとは違う先の見えない世の中で、彼らは彼らなりにもがいている。中には、インターネットでかつてない新しいタイプの事業を興して（注1）、少なからぬ収入を得る人も現れるなど、新しい動きもある。彼らが今後どのような地平を切り開いて（注2）ゆくのか、もうしばらく見守ってみようではないか。

B

このごろ、定職に就こうとしない、また、働けるのに働こうとせず、自分の世界に閉じこもって社会との関わりを持とうとしない、そんな「困った若者」たちが増えている。彼らは、いい歳をしてまともな収入もなく、親のすねをかじって（注3）生きている。大学出や、中には大学院を出ている者も相当多い。このままでは、日本の未来はどうなるのか。それでなくても少子高齢化により、今後の税収は減るし、老人の年金や介護など、問題は山積みなのだ。彼らが「きちんとした大人」になって社会の構成員としての責任を果たせるように、行政は彼らの自立を支援するべきだ。また、もっと若い年齢層、たとえば中学生・高校生についても、将来の就労意欲を育むよう、教育改革を急ぐ必要がある。

（注1）興す：新しく始める
（注2）地平を切り開く：ほかの人達の知らない世界を開拓する
（注3）親のすねをかじる：親に養ってもらう、親に生活するための金を出してもらう

170

下列的Ａ和Ｂ分別是針對年輕人問題的意見。請閱讀這Ａ和Ｂ這兩篇文章，並從每題所給的四個選項（１・２・３・４）當中，選出最佳答案。

A

近年來，時常可以聽到飛特族、尼特族、繭居族等名詞。從「獨立自主的大人」們的角度來看，或許這些人不管怎麼看都只是「不長進」或是「包袱」。但是，這些人生長的時代和以前的高度經濟成長期是不同的。長期的經濟不景氣，造成工作環境不安定等等，社會看不到未來，和現在的大人這一輩年輕時期有所不同，這些人也用他們自己的方式在掙扎。其中也有人開創（注1）網路這種過去所沒有的新類型事業，還進帳不少，像這樣有了新的動向。這些人今後將如何開闢一條新路（注2）前進呢？不妨讓我們再花點時間關注看看吧。

B

最近，不找份穩定的工作，還好手好腳的也不去工作，只關在自己的世界裡不想和外界有所聯繫，像這樣的「令人困擾的年輕人」變多了。這些人都一把年紀了卻沒有像樣的收入，靠著啃老（注3）來過活。其中有不少人是大學畢業，甚至是研究所畢業的。再這樣下去，日本的未來會變得如何呢？就算沒有這一現象，也會因為少子高齡化的影響，今後的稅收將減少，再加上老人年金和看護等等，問題如山高。為了讓這些人成為「獨立自主的大人」並善盡身為社會上的一份子的責任，行政方面應該支援他們的自立才對。此外，對於更年輕的年齡層，像是國中生、高中生，也有必要趕緊實施教育改革來培養他們將來的就業意願。

（注1）開創：全新開始
（注2）開闢一條新路：開拓不為人知的世界
（注3）啃老：讓父母養，要父母給生活費

這一大題題目當中會有兩篇同一主題、不同觀點的文章，考驗考生是否能先各別理解再進一步比較。所以要掌握每篇文章的主旨，然後後找出它們之間的異同。

A的大意是飛特族、尼特族、繭居族等年輕族群之所以會沒有固定工作，是受到景氣、社會的影響。但年輕人當中也是有些人努力地開創新事業，未來值得期待。給予年輕人正面鼓勵。

從「働けるのに働こうとせず」、「いい歳をしてまともな収入もなく」這些用詞就可以發現B對於年輕族群則是抱持批判的角度。一方面作者也擔心年輕人將來也會成為社會問題，提倡社會應該要幫助他們，甚至是教育改革。

翻譯與解題 ①

Answer **4**

61 AとBに共通するテーマは何か。

1 若者への就業教育の重要性
2 きちんとした大人とは
3 大人から若者への意見
4 定職のない若者たち

61 A和B共通的主題是什麼？

1 向年輕人闡述職場教育的重要性
2 何謂獨立自主的成年人
3 大人給年輕人的意見
4 沒有固定職業的年輕人們

補充單字

☐ 出勤 出門上班

☐ オフィス【office】 工作室

☐ パート 兼差

☐ 派遣先 派遣的任職公司

☐ 就職先 工作

☐ 貯金 儲蓄

☐ 副収入 額外收入

☐ まかない 員工餐

☐ 交通費 交通費

☐ 時給 時薪

☐ 日給 日薪

☐ 収入 收入

☐ 待遇 待遇

☐ 福利厚生 福利項目與健康保障

172

A 的第一句是「近年、フリーター·ニート·引きこもりといった言葉をよく耳にするようになった」（近年來，時常可以聽到飛特族、尼特族、繭居族等名詞），A 的主題也就是「フリーター·ニート· 引きこもり」（飛特族、尼特族、繭居族）。

B 的第一句是「このごろ、定職に就こうとしない、また、働けるのに働こうとせず、自分の世界に閉じこもって社会との関わりを持とうとしない、そんな『困った若者』たちが増えている」（最近，不找份穩定的工作，還好手好腳的也不去工作，只關在自己的世界裡不想和外界有所聯繫，像這樣的「令人困擾的年輕人」變多了），B 的主題也就是「困った若者」（令人困擾的年輕人）。而這兩個族群共同特色就是沒有固定的工作甚至是不工作。選項 4 是正確答案。

もんだい 8
もんだい 9
もんだい 10
もんだい 11
もんだい 12
もんだい 13

①　這一題問的是 A、B 的共通主題。不管是 A 還是 B，都在文章的第一句話就帶出主題，並一直針對這個主題寫下去。

提到就業教育的只有 B，而且 B 也不是通篇環繞這個話題在打轉，所以選項 1 不正確。選項 2 也不正確，雖然兩篇文章都有提到「きちんとした大人」（獨立自主的成年人），可是這在文章當中只是相對於「困った若者」（令人困擾的年輕人）的角色，文章並沒有以這個為主題撰寫下去。最後，這兩篇文章與其說是「大人から若者への意見」（大人給年輕人的意見），倒不如說是「大人からほかの大人たちへの意見」（大人給其他大人們的意見），所以選項 3 也不正確。

□ 非正規（ひせいき）　非正式

□ 求人情報（きゅうじんじょうほう）　徵人廣告

□ 短期（たんき）　短期

□ シフト【shift】　班表

□ 泊まり込み（とまりこみ）　住宿打工

□ 未経験者（みけいけんしゃ）　無經驗者

62 AとBの論点はどのようなものか。	62 A和B的觀點為以下何者呢？

1 Aは、若者の問題を社会の変化と関連付けて捉え、若者に好意的な意見を述べている。Bは、社会の行く先を憂えて、若者を変えるべきだと述べている。

1 A認為年輕人的問題和社會變化具有相關性，表達對年輕人的善意。B擔憂社會未來的演變，表示應該要改變年輕人。

2 Aは、若者は今後新たな世界を築いていくに違いないと期待を述べている。Bは、若者がこのように非社会的になったのは教育が悪いと行政を批判している。

2 A表達對今後的年輕人必將打造出一個新世界的期待。B批判政府行政機關，認為年輕人之所以會變成如此無法適應社會，都是教育的錯。

3 Aは、問題のある若者もいずれは彼らなりの生き方を確立するに違いないと述べている。Bは、教育をよくすれば、将来社会の役に立ちたいという若者の意欲を育てることができると提言している。

3 A認為每個有問題的年輕人，日後肯定都會用自己的方式來確立生存之道。B提議只要改善教育，就能培育年輕人未來想對社會盡一份心力的意願。

4 Aは、フリーター・ニート・引きこもりを相手にする必要はないと述べている。Bは、若者に自立するよう勧め、大人は彼らを支えるべきだと述べている。

4 A表示沒有必要將飛特族、尼特族、繭居族當一回事。B奉勸年輕人要獨立自主，並表示大人應該要支援他們。

選項2不正確的地方有兩個。針對A，選項2提到「に違いない」，表示說話者堅定、確信的語氣，但是原文作者持觀望的態度。對於B，作者提出對今後改革的建議，但沒有批評過去的教育。而且「今後改革的建議」也是內容的一部分而已，並不是作者的論點。

選項3，A並沒有認同「問題のある若者」（有問題的年輕人）這個說法，其次，「に違いない」（肯定）是確信度非常高的推測用法，但是作者的立場並沒有這麼肯定。至於B，作者沒有提倡「改善教育就能培養年輕人的就業意欲」，而是表示「為了培養年輕人的就業意欲必須要改善教育」，而且這並不是B的主要論點。

選項4，A的部分錯在「相手にする必要はない」（沒有必要當一回事），作者並沒有這樣認為，甚至還奉勸讀者一起來關注年輕人的動向。至於B，作者只有呼籲行政要支援年輕人自立，並沒有對年輕人這樣喊話。此外，「大人は彼らを支えるべきだ」（大人應該要支援他們）的「大人」應該要置換成「行政」才對。

這一題問的是Ａ、Ｂ的論點，所以要掌握A和B的觀點各是什麼。為了節省時間，可以用刪去法來作答。

選項1是正確答案。關於A文章提到「かつての高度経済成長期とは違うのだ。長引く不況で雇用が不安定」（但是，這些人生長的時代和以前的高度經濟成長期是不同的。長期的經濟不景氣，造成工作環境不安定）、「もうしばらく見守ってみようではないか」（不妨讓我們再花點時間關注看看吧）。B部分提到「日本の未来はどうなるのか」（日本的未來會變得如何呢）、「彼らが『きちんとした大人』になって社会の構成員としての責任を果たせるように、行政は彼らの自立を支援するべきだ」（為了讓這些人成為「獨立自主的大人」並善盡身為社會上的一份子的責任，行政方面應該支援他們的自立才對）。

「支える」和原文的「支援」雖然都有個「支」字，但語感有點不同。「行政による就職支援」大多是指職業適性診斷、職業訓練等實質的幫助。不過「大人が彼らを支える」通常是指給予精神、心靈上的支持。

---

63 AとBはどのような関係にあるか。

1　Bは、Aに賛同する意見を述べている。

2　Bは、Aとは反対の意見を述べている。

3　Bは、Aについての補足意見となっている。

4　Bは、Aに対して懐疑的な意見を述べている。

63 A和B呈現什麼樣的關係呢？

1 B表示贊同A的意見。

2 B表示反對A的意見。

3 B是A的補充意見。

4 B表示懷疑A的意見。

□ フリーター【free Arbeiter】　飛特族（靠兼差或打零工來為生的人）

□ ニート【neet】　尼特族（不升學、就業或進修，成天無所事事的人）

□ 引きこもり　繭居族（不事生產且關在家不與外界有所聯繫的人）

□ 耳にする　聽到

□ 落ちこぼれ　指無法跟上團體或體制的人

□ 不況　不景氣

□ 雇用　雇用

□ もがく　掙扎

□ 事業を興す　興辦事業

□ 切り開く　開闢

□ 見守る　關注

□ 定職に就く　有份固定工作

□ 閉じこもる　足不出戶

□ 関わり　聯繫，關係

□ まとも　正當，正經

□ 親のすねをかじる　啃老，靠父母養

□ 介護　看護

□ 山積み　堆積如山

□ 責任を果たす　盡責任

□ 自立　自立

□ 支援　支援

□ 就労　就業

□ 育む　培養

□ 論点　論點，議論核心

　這一題問的是Ａ和Ｂ的立場、相互關係。從62題我們可以發現，Ａ作者的論點是「對年輕人的友善建議」，態度較為親切。認為現代的年輕人現在之所以變成這樣，和社會變遷脫不了關係。Ａ對年輕人也抱持觀望未來動向的意見。不過Ｂ作者則是在抱怨對年輕人的不滿且擔憂日本的未來，主張的是「應該要改變年輕人」，為此還提議要盡快實施教育改革等等。可見這兩篇文章的態度、意見、處理方式都是相反的。

□ 関連付ける（かんれんづける）　相關聯

□ 好意的（こういてき）　善意的

□ 行く先（ゆくさき）　將來，前途

□ 憂える（うれえる）　擔憂

□ 築く（きずく）　建立，構成

□ 提言（ていげん）　提議

□ 賛同（さんどう）　贊同

□ 補足（ほそく）　補充

□ 懐疑的（かいぎてき）　懷疑，質疑

翻譯與解題 ①

✏ 重要文法

> 【名詞】＋といった＋【名詞】。表示列舉。一般舉出兩項以上相似的事物，表示所列舉的這些不是全部，還有其他。

❶ といった …等的……這樣的…

例句 カエルやウサギといった動物の小物を集めています。

我正在收集青蛙和兔子相關的小東西。

> 【名詞；形容動詞詞幹；[形容詞・動詞]辭書形】＋なりに、なりの。表示根據話題中人切身的經驗、個人的能力所及的範圍，做後項與之相符的行為。

❷ なりに／なりの

那般…(的)、那樣…(的)、這套…(的)

例句 私なりに最善を尽くします。

我會盡我所能去做。

✏ 小知識大補帖

▶ 有「親」字的慣用句

慣用句	解　釋
いつまでもあると思うな親と金 不要以為父母和金錢永遠都在	親はいつまでも養ってはくれないし、金も使えばなくなってしまうものなので、自立し倹約せよという戒めを川柳の形で表した言葉。 父母不會養我們一輩子，且金錢用掉就沒了。這是以川柳形式（一種17個音節的日本詩）寫成的警世句，要大家獨立節儉。
親の心子知らず 子女不知父母心	子供は、自分を思う親の気持ちを知らずに、勝手なことをしたり反抗したりするものだということ。 小孩不知道父母是在為自己著想，任性妄為、反抗叛逆。
親の七光（親の光は七光） 沾父母的光	親の社会的地位や名声が高いと、子供は何かと得をするということ。 如果父母的社會地位或是名聲很高，小孩也就跟著有好處。

親の欲目 （おや　よくめ） 孩子是自己的好	親はわが子がかわいいため、実際よりも高く評価してしまうということ。 父母覺得自己的小孩很可愛，所以給予超出實際情況的好評。
孝行のしたい時分に親はなし （こうこう　　　　じぶん） 子欲養而親不待	親の気持ちが分かる年齢になって親孝行がしたいと思うころには、もう親は死去していて後悔する者が多い。親が生きているうちに孝行せよという戒めを川柳の形で表した言葉。 很多人等到到了能了解父母心情的年紀才想要盡孝心，但那時父母已死所以十分後悔。這是以川柳形式寫成的警世句，要大家趁父母在世時孝順他們。
地震 雷 火事親父 （じしんかみなりかじおやじ） 地震打雷火災老爸	世間で恐ろしいとされているものを、恐ろしさの順に並べた言葉。 這是把大家害怕的事物，依照恐怖的程度排序的慣用句。
立っている者は親でも使え （た　　　　もの　おや） （　　　つか） 緊急時連父母也能用	急用のときにそばに誰か立っている者がいたら、たとえ親でも用事を頼んでよいということ。 有急用時只要身旁有人，就算那個人是父母也可以請他幫忙。
這えば立て立てば歩めの親心 （は　　　た　た） （あゆ　　　おやごころ） 希望孩子快快長大的父母心	子供の成長を願う親の気持ちを川柳の形で表した言葉。 這是以川柳形式寫成的句子，展現出期盼孩子成長的父母心。
夜（に）爪を切ると親の死に目に会えない （よる　　　つめ　き） （おや　　し　め　あ） 晚上剪指甲的話就無法見父母最後一面	これは慣用句というよりも迷信で、夜爪を切ると親の臨終に立ち会えないということ。なぜそう言われるのかは諸説ある。 這與其說是慣用句，不如說是一種迷信。晚上剪指甲的話會無法在父母臨終時送他們一程。關於原因有很多由來傳說。

次のＡとＢは、歌舞伎で男性が女性の役を演じる女形に関する文章である。
ＡとＢの両方を読んで、後の問いに対する答えとして、最も良いものを１・
２・３・４から一つ選びなさい。

A

　　（前略）歌舞伎の女形は不自然だから、女を入れなければ
いかんというて（注１）、ときどき実行するけれども、結局、
あれは女形あっての歌舞伎なのだ。同じように宝塚の歌劇
も、男を入れてやる必要はさらにない。なぜなれば、女から
見た男役というものは男以上のものである。いわゆる男性美
を一番よく知っている者は女である。その女が工夫して演ず
る男役は、女から見たら実物以上の惚れ惚れする男性が演ぜ
られているわけだ。そこが宝塚の男役の非常に輝くところで
ある。

　　歌舞伎の女形も、男の見る一番いい女である。性格なり、
スタイルなり、行動なり、すべてにおいて一番いい女の典型
なのである。だから歌舞伎の女形はほんとうの女以上に色気
があり、それこそ女以上の女なんだ。

（小林一三『宝塚生い立ちの記』）

B

　　旧劇（注2）では、女形がちっとも不自然でない。男が女になっているという第一の不自然さが見物（注3）に直覚されないほど、今日の私共の感情から見ると、旧劇の筋そのものが不自然に作られているのである。

　　けれども、たとえ取材は古くても、性格、気分等のインタープレテーションに、ある程度まで近代的な解剖と敏感さを必要とする新作の劇で、彼等はどこまで女になり切れるだろう。

　　舞台上の人物として柄の大きいこと、地が男であるため、扮装にも挙止にも殊に女性の特徴を強調しつつ、どこかに底力のある強さ、実際にあてはめて見ると、純粋の女でもなし、男でもないという一種幻想的な特殊の美が醸される点などは、場合によって、多くの効果をもたらす。

　　しかし噛みしめてみると、云うに云われないところに不満がある。やはり不自然だと云うことになるのか。

　　（宮本百合子『気むずかしやの見物――女形――蛇つかいのお絹・小野小町――』、一部表記を改めたところがある）

（注1）いかんというて：いけないといって

（注2）旧劇：伝統演劇、特に歌舞伎のこと。ここでは歌舞伎の中でも古典的な演目を指す

（注3）見物：ここでは「見物人」のこと

63 ＡとＢの筆者に共通する考えはどれか。

1 女が男を演じたり、男が女を演じたりすることは、演劇においてたいへん効果がある。

2 歌舞伎の女形には、女が女を演じたのではできぬような効果がある。

3 歌舞伎の女形は効果的な場合もあるが、不自然さが気になる場合もある。

4 歌舞伎の女形は不自然だが、不自然さの中に性差を超越した芸がある。

64 ＡとＢの筆者の考えはどのように異なるか。

1 Ａは、歌舞伎の女形は本当の女以上の魅力が出せると考えており、Ｂは、女形はしょせん本当の女を超えることはできないと考えている。

2 Ａは、女形が不自然であるとしてもその女形の魅力の上に歌舞伎が成り立つと考えているが、Ｂは、女形を不自然でおかしいと考えている。

3 Ａは、女の役は全て男が演じ男の役は全て女が演じる方がよいと考えているが、Ｂは、男が女の役を演じるのには賛成だが女が男の役を演じるのには反対である。

4 Ａは、女形の魅力や存在価値を無条件に認めているが、Ｂは、女形の効果を認めつつもどことなく不満に思っている。

65 AとBの文章は、論点がどのように異なるか。

1 Aの文章は、宝塚の男役と歌舞伎の女形の類似した長所を述べており、Bの文章は、女形の長所と短所を比較検討している。

2 Aの文章は、宝塚の男役と歌舞伎の女形の違いを述べており、Bの文章は、旧劇における女形と新作の劇における女形を比較して述べている。

3 Aの文章は、宝塚の男役と歌舞伎の女形の違いを述べており、Bの文章は、女形の長所と短所を比較検討している。

4 Aの文章は、宝塚の男役と歌舞伎の女形の類似した長所を述べており、Bの文章は、旧劇における女形と新作の劇における女形を比較して述べている。

次のAとBは、歌舞伎で男性が女性の役を演じる女形に関する文章である。AとBの両方を読んで、後の問いに対する答えとして、最も良いものを1・2・3・4から一つ選びなさい。

A

（前略）歌舞伎の女形は不自然だから、女を入れなければいかんというて（注1）、ときどき実行するけれども、結局、**あれは女形あっての歌舞伎なのだ。** 同じように宝塚の歌劇も、男を入れてやる必要はさらにない。なぜなれば、女から見た男役というものは男以上のものである。いわゆる男性美を一番よく知っている者は女である。**その女が工夫して演ずる男役は、女から見たら実物以上の惚れ惚れする男性が演ぜられているわけだ。** そこが宝塚の男役の非常に輝くところである。**歌舞伎の女形も、男の見る一番いい女である。** 性格なり、スタイルなり、行動なり、すべてにおいて一番いい女の典型なのである。**だから歌舞伎の女形はほんとうの女以上に色気があり、それこそ女以上の女なんだ。**

（小林一三『宝塚生い立ちの記』）

> 64題 關鍵句　文法詳見 P192
> 65題 關鍵句
> 65題 關鍵句　文法詳見 P192
> 63題 關鍵句

B

旧劇（注2）では、 女形がちっとも不自然でない。男が女になっているという第一の不自然さが見物（注3）に直覚されないほど、今日の私共の感情から見ると、旧劇の筋そのものが不自然に作られているのである。**けれども、たとえ取材は古くても、** 性格、気分等のインタープレテーションに、ある程度まで近代的な解剖と敏感さを必要とする新作の劇で、彼等はどこまで女になり切れるだろう。

舞台上の人物として柄の大きいこと、地が男であるため、扮装にも挙止にも殊に女性の特徴を強調しつつ、どこかに底力のある強さ、実際にあてはめて見ると、**純粋の女でもなし、男でもないという一種幻想的な特殊の美が醸される点などは、場合によって、多くの効果をもたらす。**

しかし噛みしめてみると、**云うに云われないところに不満がある。** やはり不自然だと云うことになるのか。

（宮本百合子『気むずかしやの見物──女形──蛇つかいのお絹・小野小町──』、一部表記を改めたところがある）

> 65題 關鍵句
> 65題 關鍵句　文法詳見 P192
> 63題 關鍵句
> 64題 關鍵句

（注1）いかんというて：いけないといって
（注2）旧劇：伝統演劇、特に歌舞伎のこと。ここでは歌舞伎の中でも古典的な演目を指す
（注3）見物：ここでは「見物人」のこと

下列的Ａ和Ｂ皆是與歌舞伎中由男性飾演女性角色的男旦相關的文章。請閱讀這Ａ和Ｂ這兩篇文章，並從每題所給的四個選項（1・2・3・4）當中，選出最佳答案。

A

　　（前略）由於歌舞伎裡男旦的反串不大自然，有人認為不能不（注1）讓女角親自上場，有時也真找了女子加入演出；可到頭來發現，歌舞伎的精髓其實是在男旦身上。同樣地，寶塚歌舞劇也根本不需要男演員的參與。因為由女演員詮釋的男性角色，早已超越了真正的男人。所謂最了解男性之美的，莫過於女性了。這也是為何由女演員苦心鑽研的反串演出，比真正的男演員更能讓女性觀眾看得如痴如醉。寶塚的女唱男腔，正是其最有看頭的部分。

　　至於歌舞伎的男旦，同樣是男人眼中最完美的女人。不論是性情氣質、儀態身形，乃至於舉手投足，在在都是最理想的女子典範。因此，歌舞伎的男旦比真正的女人更為嬌媚迷人，可說是女人中的女人！

（小林一三《寶塚沿革錄》）

B

　　觀眾在看傳統戲曲（注2）時，完全不覺得男旦有什麼異樣，甚至連下意識都沒觀看（注3）察覺到：男扮女裝這最明顯的不尋常，正是其最大的賣點所在。但站在我們今天的角度來看，傳統戲曲的故事情節安排其實鑿痕斑斑。

　　不過，新創作的戲碼即便改編自老掉牙的題材，在演繹人物性格與營造戲劇氛圍時，於一定程度上，仍需具備現代觀點的剖析與敏銳。在這樣的前提之下，不曉得他們能將女人詮釋到什麼地步呢？

　　站在舞台上的演員因是男兒之身，不免體貌魁偉，因此在扮相和動作上，均刻意突顯女性的特徵，卻又隱然透出底蘊的勁道；實際兩相對照起來，他既不是百分之百的女人，可又不是男人，反而形成一股如夢似幻的特殊美感，這在某些狀況下，足以發揮相當大的功效。

　　然而經過再三思索，還是讓人有一絲難以言喻的怏怏不悅。我想，或許癥結仍在於那份不自然吧。

（宮本百合子《挑剔的觀眾看戲評戲——男旦——弄蛇人阿絹・小野小町——》更改部分表記）

（注1）不能：不行

（注2）傳統戲曲：傳統演劇，尤其指歌舞伎。這裡指歌舞伎中的古典演出節目。

（注3）觀看：這裡指「觀眾」。

　　這一大題是「綜合理解」。題目當中會有兩篇同一主題、不同觀點的文章，所以最重要的是要掌握每篇文章的主旨，然後找出它們之間的異同。

　　A的大意是說男旦在歌舞伎來說是很重要的。這些反串的男演員就像寶塚演員一樣熟知異性美，所以能夠演出比女性還像女性的模樣。

　　B認為歌舞伎男旦有特別的美感也有一定的效果，但還是有種說不出的不自然。

-- Answer 2

63 ＡとＢの筆者に共通する考え
はどれか。

1 女が男を演じたり、男が女を
演じたりすることは、演劇に
おいてたいへん効果がある。

2 歌舞伎の女形には、女が女を
演じたのではできぬような効
果がある。

3 歌舞伎の女形は効果的な場合
もあるが、不自然さが気にな
る場合もある。

4 歌舞伎の女形は不自然だが、
不自然さの中に性差を超越し
た芸がある。

63 下列何者為Ａ和Ｂ的作者共通
的想法？

1 由女演員飾演男性角色、男演
員飾演女性角色，在戲劇中有
非常好的效果。

2 歌舞伎的男旦所呈現的效果，
是由女演員飾演女性角色所無
法達到的。

3 歌舞伎的男旦有時效果十足，
有時會讓人介意那種不自然。

4 歌舞伎的男旦雖不自然，但是
在那股不自然當中具有超越性
別差異的演技。

補充單字

□ 演劇 演劇，戲劇
□ 芝居 戲劇；花招
□ 落語 單口相聲
□ 漫才 對口相聲
□ 講談 說書
□ 曲芸 雜技
□ 俳優 演員

□ 役者 演員
□ 観客 觀眾
□ 演芸 表演
□ 演じる 表演；扮演
□ 演ずる 扮演；出醜
□ 舞台 舞台；表演
□ 観客席 觀眾席

選項 1 不正確。提到女性反串男性的只有 A 文章的「宝塚」，B 文章通篇都沒有提到女性來扮演男性。

選項 3 不正確。雖然 B 最後有提到「やはり不自然だと云うことになるのか」（癥結仍在於那份不自然吧），但是 A 的意見是完全肯定男旦的，雖然開頭提到男旦不自然，但這不是作者個人的意見。

選項 4 不正確，A 只有在開頭時提到別人覺得男旦不自然，但作者本身並沒有懷抱「男旦不自然」這個想法。至於 B，作者有提到「超越性別差異的演技」。選項 4 只符合 B 的原文內容。

> 這一題問的是 A、B 的相同見解。為了節省時間，可以直接用刪去法來作答。

選項 2 正確。A 提到「だから歌舞伎の女形はほんとうの女以上に色気があり、それこそ女以上の女なんだ」（因此，歌舞伎的男旦比真正的女人更為嬌媚迷人，可説是女人中的女人），B 提到「純粋の女でもなし、男でもないという一種幻想的な特殊の美が醸される点などは、場合によって、多くの効果をもたらす」（他既不是百分之百的女人，可又不是男人，反而形成一股如夢似幻的特殊美感，這在某些狀況下，足以發揮相當大的功效）。兩篇文章都有提到歌舞伎男旦有一種非一般女性的美感。

□ 技量（ぎりょう）　本事；本領
□ 手並み（てなみ）　本事；本領
□ 発揮（はっき）　發揮
□ 人目に付く（ひとめにつく）　顯眼；引人注目

64 ＡとＢの筆者の考えはどのように異なるか。

1 Ａは、歌舞伎の女形は本当の女以上の魅力が出せると考えており、Ｂは、女形はしょせん本当の女を超えることはできないと考えている。

2 Ａは、女形が不自然であるとしてもその女形の魅力の上に歌舞伎が成り立つと考えているが、Ｂは、女形を不自然でおかしいと考えている。

3 Ａは、女の役は全て男が演じ男の役は全て女が演じる方がよいと考えているが、Ｂは、男が女の役を演じるのには賛成だが女が男の役を演じるのには反対である。

4 Ａは、女形の魅力や存在価値を無条件に認めているが、Ｂは、女形の効果を認めつつもどことなく不満に思っている。

└ 文法詳見 P192

64 Ａ和Ｂ作者的想法有和差異呢？

1 Ａ認為歌舞伎的男旦會散發出超越真正女性的魅力，Ｂ認為男旦終究無法超越真正的女性。

2 Ａ認為男旦雖然不自然但是歌舞伎的魅力就在男旦身上，Ｂ認為男旦既不自然又很奇怪。

3 Ａ認為女性角色全由男演員擔任，而男性角色全由女演員擔任比較好；Ｂ贊成由男演員飾演女性角色，但反對女演員飾演男性角色。

4 Ａ無條件認同男旦的魅力與存在價值，Ｂ雖然認同男旦的效果但總覺得有些快快不悅。

選項 1 不正確。A 可以對應文中「だから歌舞伎の女形はほんとうの女以上に色気があり、それこそ女以上の女なんだ」（因此，歌舞伎的男旦比真正的女人更為嬌媚迷人，可說是女人中的女人）。不過 B 只有說「純粋の女でもなし、男でもないという一種幻想的な特殊の美が醸される」（他既不是百分之百的女人，可又不是男人，反而形成一股如夢似幻的特殊美感），作者並沒有說男旦沒辦法超越真正的女人。

這一題問的是 A、B 兩篇文章的作者意見有何不同。為了節省時間，可以用刪去法作答。

選項 2，A 部分敘述可以對應文中「結局、あれは女形あっての歌舞伎なのだ」（可到頭來發現，歌舞伎的精髓其實是在男旦身上），不過作者並沒有贊同男旦不自然，所以這不正確。而且針對 B 敘述太過武斷，原文是說「やはり不自然だと云うことになるのか」（癥結仍在於那份不自然吧），用疑問句呈現不確定的模糊語感。所以選項 2 不正確。

選項 3，「A は、女の役は全て男が演じ男の役は全て女が演じる方がよい」（A 認為女性角色全由男演員擔任，而男性角色全由女演員擔任比較好），A 作者完全沒有提到這個觀點。而 B 的敘述，作者雖然贊成男性演出女性角色，但是有附帶條件，並非完全贊成。而且文章中完全沒有提到「女が男の役を演じるのには反対である」（反對女演員飾演男性角色）的話題。選項 3 也不正確。

正確答案是選項 4。A 的敘述對應到「あれは女形あっての歌舞伎なのだ」（歌舞伎的精髓其實是在男旦身上），作者給予男旦非常高的評價。B 的敘述對應到「云うに云われないところに不満がある」（還是讓人有一絲難以言喻的快快不悦），對於男旦，作者表示自己就是有些説不出的不滿。

65 AとBの文章は、論点がどのように異なるか。

1 Aの文章は、宝塚の男役と歌舞伎の女形の類似した長所を述べており、Bの文章は、女形の長所と短所を比較検討している。

2 Aの文章は、宝塚の男役と歌舞伎の女形の違いを述べており、Bの文章は、旧劇における女形と新作の劇における女形を比較して述べている。

3 Aの文章は、宝塚の男役と歌舞伎の女形の違いを述べており、Bの文章は、女形の長所と短所を比較検討している。

4 Aの文章は、宝塚の男役と歌舞伎の女形の類似した長所を述べており、Bの文章は、旧劇における女形と新作の劇における女形を比較して述べている。

65 A和B兩篇文章的觀點有何不同呢？

1 A文章在敘述寶塚反串男角和歌舞伎男旦的相似優點，B文章在比較檢討男旦的優缺點。

2 A文章在敘述寶塚反串男角和歌舞伎男旦的不同，B文章在比較敘述傳統戲曲的男旦和新創作戲碼的男旦。

3 A文章在敘述寶塚反串男角和歌舞伎男旦的不同，B文章在比較檢討男旦的優缺點。

4 A文章在敘述寶塚反串男角和歌舞伎男旦的相似優點，B文章在比較敘述傳統戲曲的男旦和新創作戲碼的男旦。

□ 女形 男旦
□ 歌舞伎 歌舞伎
□ 歌劇 歌劇
□ 惚れ惚れ 令人喜愛、心蕩神怡
□ 色気 魅力，吸引力

□ 直覚 直覺，不經思考的感覺
□ 筋 （故事）情節
□ インタープレテーション【interpretation】 詮釋（常書寫為「インタープリテーション」）

□ 解剖 分析，解剖
□ 敏感 敏感，感覺敏銳
□ 柄 身材，體型
□ 地 天生，本來
□ 扮装 裝扮
□ 挙止 舉止，動作

解題攻略

　　A的重點雖然是歌舞伎，但作者花了部分篇幅來敘述寶塚女唱男腔的「輝くところ」（最有看頭的部分），從第二段開頭「歌舞伎の女形も」的「も」就可以知道第二段承接上一段寶塚的話題，也敘述歌舞伎男旦和寶塚女唱男腔相似的「輝くところ」（最有看頭的部分）。歌舞伎的男演員反串男旦，寶塚的女演員反串男性角色，都比真正的男（女）性別還像真的。

　　至於B則是在第一段先提到「旧劇」（傳統戲曲）的男旦，接著在第二段開頭用逆接的「けれども」（不過），將話題轉到「新作の劇」（新創作的戲碼）的男旦，比較兩者的男旦。四個選項中，只有選項4的敘述同時符合這兩個論點。

　　這一題問的是A、B的論點有什麼不同。雖然兩篇文章都是針對歌舞伎的男旦來撰寫，但是立場不太一樣，所以要找出兩位作者的切入點各是什麼。

　　選項1不正確，作者並沒有針對男旦的優缺點進行比較討論，只有比較傳統戲曲和新劇裡的男旦。

　　選項2，文章當中對於寶塚女唱男腔和歌舞伎男旦只有提到他們相似的地方，也就是「比正牌男（女）人更像男（女）人」，並沒有說到不同之處。

　　選項3就像前面所述一般，對於A、B的敘述都不正確。

□ 殊に　特別
□ 底力　潛力
□ 幻想的　如夢似幻般的
□ 醸す　醞釀，形成
□ もたらす　帶來
□ 噛みしめる　玩味；細嚼

□ 云うに云われない　難以言喻
□ 性差　性別差異
□ 超越　超越，超出
□ しょせん　終究（後常接否定）
□ 成り立つ　建立，形成
□ どことなく　總好像，總覺得

✎ 重要文法

---

❶ あっての

有了…之後…才能…、沒有…就不能(沒有)…

> 【名詞】＋あっての＋【名詞】。表示因為有前面的事情，後面才能夠存在。含有後面能夠存在，是因為有前面的條件，如果沒有前面的條件，就沒有後面的結果了。「あっての」後面除了可接實體的名詞之外，也可接「もの、こと」來代替實體。

例句 失敗あっての成功ですから、失敗を恥じなくてもよい。

有失敗才會有成功，所以即使遭遇失敗亦無需感到羞愧。

---

❷ なり〜なり 或是…或是…、…也好…也好

> 【名詞；動詞辭書形】＋なり＋【名詞；動詞辭書形】＋なり。表示從列舉的同類或相反的事物中，選擇其中一個。暗示在列舉之外，還可以其他更好的選擇。後項大多是表示命令、建議等句子。一般不用在過去的事物。由於語氣較為隨便，不用在對長輩跟上司。

例句 テレビを見るなり、お風呂に入るなり、好きにくつろいでください。

看電視也好、洗個澡也好，請自在地放鬆休息。

---

❸ きれる／きる 充分、完全、到極限

> 【動詞ます形】＋切る、切れる。接意志動詞的後面，表示行為、動作做到完結、竭盡、堅持到最後。

例句 何時の間にか、お金を使いきってしまった。

不知不覺，錢就花光了。

---

❹ つつ(も) 明明…、儘管…、雖然…

> 【動詞ます形】＋つつ(も)。表示連接兩個相反的事物。雖然有前項，但結果是後項。

例句 身分が違うと知りつつも、好きになってしまいました。

儘管知道門不當戶不對，但還是喜歡上了。

---

❷ 小知識大補帖

▶ 與【性格、態度】相關的單字

單　字	意　思	例　句
あくせく 齷齪 辛辛苦苦； 忙忙碌碌	小さいことにとらわれ て忙しくする様子 （受困於小事情而忙碌的樣子）	彼女は毎日齷齪と働く。 （她每天庸庸碌碌地工作。）
あくらつ 悪辣 毒辣；陰險	やり方が悪質でひどい こと（做法惡劣過分）	彼は悪辣な手段で儲け る。（他以陰險的手段來賺 錢。）
いんとう 淫蕩 淫蕩	行いがだらしない、み だらなこと （行為不檢點、淫亂）	あいつは乱れた淫蕩な 生活にふけっている。（那 傢伙沉迷於混亂淫蕩的生活。）
きょうだ 怯懦 懦弱	臆病、意気地なし （膽小、沒志氣）	自らの怯懦を隠した。 隱藏自己的懦弱。）
けんかい 狷介 狷介；自負	頑固で妥協しないこと （個性頑固、絕不妥協）	性狷介にして人と交わらず。 （自命清高不與人打交道。）
こうかつ 狡猾 狡猾	悪がしこくずるいこと （奸詐）	狡猾詐欺の手口がテレビ で紹介された。（電視上介 紹了狡猾的詐欺手法。）
ごうしゃ 豪奢 奢華	贅沢ではでなこと （奢侈闊綽）	会長の邸宅はきわめて豪 奢だ。（會長的宅邸十分奢華。）
じっこん 昵懇 親暱	親しいこと（親近的）	社長とは昵懇の間柄であ る。（和社長有親密的關係。）
そこつ 粗忽 粗心	そそっかしいこと （冒失的）	私は生来の粗忽者です。 （我天生就是個粗心鬼。）
つっけんどん 突慳貪 （態度或言語）不 和藹、冷淡	無愛想な様子 （不客氣的樣子）	突慳貪な応対に面食ら う。（面對不客氣的應對感到不 知所措。）

<ruby>恬淡<rt>てんたん</rt></ruby> 淡泊	<ruby>心<rt>こころ</rt></ruby>が<ruby>清<rt>きよ</rt></ruby>らかであっさりしていること（心靈潔淨恬淡）	<ruby>彼<rt>かれ</rt></ruby>は<ruby>金銭<rt>きんせん</rt></ruby>に<ruby>恬淡<rt>てんたん</rt></ruby>とした<ruby>人<rt>ひと</rt></ruby>だ。（他對於金錢很淡泊。）
<ruby>貪婪<rt>どんらん</rt></ruby> 貪婪	<ruby>非常<rt>ひじょう</rt></ruby>に<ruby>欲<rt>よく</rt></ruby>が<ruby>深<rt>ふか</rt></ruby>いこと（欲望無窮）	<ruby>欲深<rt>よくぶか</rt></ruby>く<ruby>貪婪<rt>どんらん</rt></ruby>な<ruby>人物<rt>じんぶつ</rt></ruby>。（貪得無厭的貪婪人物。）
<ruby>無慚<rt>むざん</rt></ruby> 無慚	<ruby>罪<rt>つみ</rt></ruby>を<ruby>犯<rt>おか</rt></ruby>して<ruby>恥<rt>は</rt></ruby>じないこと（犯了錯也不會感到羞愧）	<ruby>戒<rt>いまし</rt></ruby>めを<ruby>破<rt>やぶ</rt></ruby>るとは<ruby>無慚<rt>むざん</rt></ruby>なり。（破戒實為無慚。）

▶戲劇表演

今日はお芝居を見に行きます。
今天要去看戲劇表演。

誰が主役ですか。
請問誰是主角？

どこの劇場ですか。
是在哪一間劇場呢？

7時半に開幕します。
七點半開演。

東京だけじゃなく、地方公演もありますよ。
不只在東京表演，也會去其他縣市演出哦！

歌舞伎を見たことがありますか。
請問你看過歌舞伎表演嗎？

私も母も宝塚に夢中です。
我和媽媽都非常迷寶塚歌劇團。

明日はいよいよ舞台の初日です。
明天終於要舉行首演。

舞台よりミュージカルの方が好きです。
比起話劇表演，我比較喜歡看歌舞劇。

今からでもチケットは手に入りますか。
現在還買得到票嗎？

ラッキーなことに、ＶＩＰ席が取れました。
很幸運地買到了貴賓席。

会場に入れるなら、立見席でもいいです。
只要能夠進入會場，就算是站票區也沒關係。

一番安いチケットはいくらですか。
請問最便宜的票大約多少錢？

何時から会場に入れますか。
請問從幾點開始入場？

ファンが続々と会場に集まってきています。
粉絲們陸續集中到會場了。

会場の周りにはたくさんダフ屋がいます。
會場周邊有很多黃牛。

千秋楽は何日ですか。
請問最後一場演出是哪一天呢？

閱讀一篇約 1000 字的長篇文章，測驗能否掌握全文想表達的想法或意見。主要以一般常識性的、抽象的社論及評論性文章為主。

理解想法／長文

考前要注意的事

▶ 作答流程 & 答題技巧

閱讀說明 ······ 先仔細閱讀考題説明

閱讀問題與內容

預估有 4 題

1 文章較長，應考時關鍵在快速掌握談論內容的大意。

2 提問一般是用「〜とは、どういうことだ」（〜是什麼意思？）「筆者は、〜どのように考えているか」（作者針對〜是怎麼想的？）。

3 由於問的大多是全文主旨或作者的主張，所以要一邊閱讀，一邊掌握大意。有時文章中也包含與作者意見相反的主張，要多加注意！

答題 ······ 選出正確答案

次の文章を読んで、後の問いに対する答えとして、最もよいものを、1・2・3・4から一つ選びなさい。

　一生懸命考えてみると、結核という病気は「実在しない」と結論づけるより他ありません。

　たとえ結核菌というばい菌が体の中にくっついていても、それが結核という病気と認識されるとは限りません。「保菌者」と認識すれば、それは病気ではないからです。アメリカの医者は、それを「症状のない結核という病気＝潜伏結核」と認識し直そうと提唱しました。そうみんなが考えれば、この現象は病気に転じます。

　以前の考え方だと、「潜伏結核＝結核菌が体に入っているけれど『病気』を起こしていない状態」とは、専門家が「病気ではない」と決めつけた①恣意的な存在でした。そして逆に「結核菌が体にあれば、それを病気と呼ぼうじゃないか」というアメリカ人の態度も別の専門家の恣意にすぎません。結核という病気は実在せず、病気は現象として、ただ恣意的に認識されるだけなのです。

　潜伏結核のカウンターパート（注1）としての活動性結核。これは、結核菌が人間の体内に入り、なおかつ結核菌がその体内から見つかっている、あるいは結核菌が症状を起こしている、という意味ですが、これも専門家たちが決めつけた恣意的な存在です。

（中略）

　ところが、その潜伏結核が潜伏結核である、あるいは、活動性結核が活動性結核である、と確実に断言する方法が存在しません。レントゲンにつかまっていない、ＣＴ（注2）で見つからない、そういった小さな結核病変があるかもしれないからです。病変があるかどうかを医者が認識すれば活動性結核という病気ですが、そうでなければ活動性結核ではないのです。それは、潜伏結核になってしまうのです。これは原理的にそうなのです。

　将来、どんなにテクノロジーが進歩してもこの構造そのものが変化することはないでしょう。例えば、ＣＴを凌駕する（注3）Ｘという検査が発明されても、Ｘで見つからない結核の病変では活動性結核という病気と認識されず、潜伏結核と認識されるのです。さらに悪いことに、活動性結核の治療は複数の抗結核薬を使用して６か月間の治療と決められているのですが、潜伏結核の場合、イソニアチドという薬１つで９か月間の治療なのです。判断、認識の違いが治療のあり方も変えてしまうのです。こんなへんてこなことが許容されるのは、結核という病気があくまで（注4）認識のされ方によって姿を変える「②」であり、実在しないものだからに相違ありません。

（磐田健太郎『感染症は実在しない　構造構成的感染症学』）

もんだい 8
もんだい 9
もんだい 10
もんだい 11
もんだい 12
もんだい 13

（注１）カウンターパート：対応するもの、対等の立場にある相手

（注２）ＣＴ：検査方法の１つ、コンピューター断層撮影法

（注３）凌駕する：ほかのものを越えて上に立つ

（注４）あくまで：絶対的に、徹底的に

64 この文脈における①恣意的の意味として適切なものはどれか。

1 状況によって決められるもの

2 自然に発生するもの

3 人によって定義が変わるもの

4 感覚によって違うもの

65 「結核」とはどのようなものだと述べられているか。

1 病気として治療される「活動性結核」と、治療できない「潜伏結核」の２つに分けられる。

2 初期症状である「潜伏結核」と、より病気がすすんだ状態である「活動性結核」の２つに分けられる。

3 結核菌を持っていても病変が見つかっていない「潜伏結核」と、結核菌を持っていてかつ病変が見つかっている「活動性結核」の２つに分けられる。

4 病気ではない「潜伏結核」と、病気である「活動性結核」の２つに分けられる。

66 「②」に入る言葉は何か。

1　病気

2　現象

3　症状

4　方法

67 この文章で筆者が最も言いたいことはどれか。

1　結核菌が体の中にあっても、それが結核という病気と診
　　断されるとは限らないこと

2　病気の診断や治療は医者の考え方によって変わってしま
　　うものであるということ

3　将来、どんなにテクノロジーが進歩しても結核の病変を
　　確実に見つけることはできないということ

4　病気の診断を客観的で論理的なものであると思うのは医
　　者だけであるということ

次の文章を読んで、後の問いに対する答えとして、最もよいものを、1・2・3・4から一つ選びなさい。

　一生懸命考えてみると、結核という病気は「実在しない」と結論づけるより他ありません。

　たとえ結核菌というばい菌が体の中にくっついていても、それが結核という病気と認識される<u>とは限りません</u>。「保菌者」
〔文法詳見 P210〕
と認識すれば、それは病気ではないからです。アメリカの医者は、それを「症状のない結核という病気＝潜伏結核」と認識し直そうと提唱しました。**そうみんなが考えれば、この現象は病気に転じます。** ◀66 題 關鍵句

　以前の考え方だと、██**「潜伏結核＝結核菌が体に入っているけ** ◀65 題 關鍵句
れど『病気』を起こしていない状態」██とは、専門家が「病気ではない」と決めつけた①<u>恣意的な存在</u>でした。そして逆に
██**「結核菌が体にあれば、それを病気と呼ぼうじゃないか」**██とい ◀64,66 題 關鍵句
うアメリカ人の態度も別の専門家の恣意にすぎません。██**結核と**
〔文法詳見 P210〕
いう病気は実在せず、病気は現象として、ただ恣意的に認識されるだけなのです。██

　潜伏結核のカウンターパート（注1）としての活動性結核。██**こ** ◀65 題 關鍵句
れは、結核菌が人間の体内に入り、なおかつ結核菌がその体内から見つかっている、あるいは結核菌が症状を起こしている、██
という意味ですが、これも専門家たちが決めつけた恣意的な存在です。

　　　（中略）

　ところが、その潜伏結核が潜伏結核である、あるいは、活動性結核が活動性結核である、と確実に断言する方法が存在しません。レントゲンにつかまっていない、ＣＴ（注2）で見つからない、そういった小さな結核病変があるかもしれないからです。病変があるかどうかを医者が認識すれば活動性結核とい

請閱讀下列文章，並從每題所給的四個選項（1・2・3・4）當中，選出最佳答案。

　　經過了反覆的推敲思索，最後得到的唯一結論就是結核病「並不存在」。

　　即使體內帶有名為結核菌的細菌，也未必會被認定是結核病，只要將之定義為「帶原者」，就不算是疾病了。美國的醫師建議將此現象重新認知為「沒有症狀的結核病＝潛伏結核感染」。只要大家都有這種看法，這個現象的定義就會轉變成疾病。

　　至於以往的想法，所謂「潛伏結核感染＝結核菌進入體內但還沒引起『疾病』的狀態」是專家單方面①專斷獨行的認定；相反的，「如果體內有結核菌的話，就稱之為疾病吧」，美國人的這種態度，同樣只是其他專家的專斷獨行。實際上結核病並不存在，只是該現象被擅自認定為疾病而已。

　　潛伏結核感染的相應物（注1）是活動性結核。這是指結核菌進入人體體內，並且能在體內發現結核菌，或是由結核菌引發了症狀，不過這也是專家們擅自單方面認定。

　　（中略）

　　然而，我們沒有確切的方法可以如此下定論：「這個潛伏結核傳染就是潛伏結核傳染」，或是「活動性結核就是活動性結核」。因為或許有Ｘ光找不到、ＣＴ（注2）無法發現的微小結核病變。醫生的判定依據

破題點出「結核病」實際上並不存在。

體內有結核菌這種現象，即使沒有症狀，美國醫師也提倡將之稱為疾病。

承上段，作者認為把這樣的現象當成是一種病，或是命名為「潛伏結核感染」而不當成是一種病，這些都只是專家專斷獨行的判斷。

話題轉到「潛伏結核感染」的相對概念：「活動性結核」。這也是專家自己決定的。

沒有方法去斷定結核感染屬於哪一種，所以全是由醫生說了算。

う病気ですが、そうでなければ活動性結核ではないのです。それは、潜伏結核になってしまうのです。これは原理的にそうなのです。

　将来、どんなにテクノロジーが進歩してもこの構造そのものが変化することはないでしょう。例えば、ＣＴを凌駕する（注3）Ｘという検査が発明されても、Ｘで見つからない結核の病変では活動性結核という病気と認識されず、潜伏結核と認識されるのです。さらに悪いことに、活動性結核の治療は複数の抗結核薬を使用して６か月間の治療と決められているのですが、潜伏結核の場合、イソニアチドという薬１つで９か月間の治療なのです。判断、認識の違いが治療のあり方も変えてしまうのです。こんなへんてこなことが許容されるのは、結核という病気があくまで（注4）認識のされ方によって姿を変える「②」であり、実在しないものだからに相違ありません。

└─文法詳見 P210

（磐田健太郎『感染症は実在しない　構造構成的感染症学』）

（注１）カウンターパート：対応するもの、対等の立場にある相手
（注２）ＣＴ：検査方法の１つ、コンピューター断層撮影法
（注３）凌駕する：ほかのものを越えて上に立つ
（注４）あくまで：絶対的に、徹底的に

□ 結核　結核
□ 実在　實際存在，實有其物
□ 結論づける　下結論
□ ばい菌　有害細菌等微生物的俗稱
□ 潜伏　潛伏
□ 現象　現象
□ 転じる　轉變

□ 決めつける　單方面斷定
□ 恣意的　恣意，任意
□ カウンターパート【counterpart】
　　相應物，相對概念
□ なおかつ　並且，而且
□ 断言　斷言，下定論
□ レントゲン【roentgen】　Ｘ光

是，有病變就是感染活動性結核，相反的就不是活動性結核，也就是潛伏結核傳染。原理上就是這麼一回事。

　未來，不管科技再怎麼進步，這個推論模式都不會改變吧？比方說，即使發明了凌駕（注3）ＣＴ的Ｘ檢查，用Ｘ找不到的結核病變並不會被認定是活動性結核病，而是被認定為潛伏結核感染。更糟的是，活動性結核規定要使用多種抗結核藥進行六個月的治療；若為潛伏結核感染，要使用異菸鹼醯胺這一種藥物進行九個月的治療。依照判斷與認定的不同，治療方式也有所改變。這種古怪的狀況之所以會被容許存在，正是因為結核病完全是（注4）根據認定方式的不同而呈現不同樣貌的「②」，實際上根本不存在。

> 結論。再次強調結核病並不存在。

（磐田健太郎《感染症並非實際存在　結構建構的感染症學》）

（注1）相應物：對應的事物，立場對等的對象
（注2）ＣＴ：檢查方法之一，電腦斷層掃描
（注3）凌駕：超越其他事物居上
（注4）完全就是：絕對地、徹底地

□ 病変（びょうへん） 病變
□ 原理（げんり） 原理
□ テクノロジー【technology】 科技
□ 凌駕（りょうが） 凌駕，超過
□ へんてこ 古怪，奇異
□ 許容（きょよう） 容許
□ あくまで 徹底，到底

----

64 この文脈における①恣意的
の意味として適切なものは
どれか。

1 状況によって決められるも
の
2 自然に発生するもの
3 人によって定義が変わるも
の
4 感覚によって違うもの

64 這個上下文關係中的①專斷獨
行的，下列何者意思最為貼切
呢？

1 依照狀況所決定的事物
2 自然發生的事物
3 定義因人而異的事物
4 依照感覺而有所不同的事物

----

65 「結核」とはどのようなものだ
と述べられているか。
1 病気として治療される「活動性
結核」と、治療できない「潜伏結
核」の2つに分けられる。
2 初期症状である「潜伏結核」と、
より病気がすすんだ状態であ
る「活動性結核」の2つに分
けられる。
3 結核菌を持っていても病変が見
つかっていない「潜伏結核」
と、結核菌を持っていてか
つ病変が見つかっている
「活動性結核」の2つに分けら
れる。
4 病気ではない「潜伏結核」と、
病気である「活動性結核」の2つ
に分けられる。

65 這篇文章是如何描述「結核」
這種東西的呢？
1 分成可治療的「活動性結核」，
以及無法治療的「潛伏結核感
染」這兩種疾病。
2 分成初期症狀為「潛伏結核感
染」，以及病情逐漸惡化的「活
動性結核」兩種。
3 分成有結核菌也找不到病變的
「潛伏結核感染」，和有結核菌
也找得到病變的「活動性結核」
兩種。
4 分成非疾病的「潛伏結核感
染」，以及是疾病的「活動性
結核」兩種。

　　劃線部分的後一句又提到「恣意」：「『結核菌が体にあれば、それを病気と呼ぼうじゃないか』…も別の専門家の恣意にすぎません」（…「如果體內有結核菌的話，就稱之為疾病吧」…只是其他專家的專斷獨行）。綜合來看，有的專家認為結核「病気ではない」，但又有專家提議「それを病気と呼ぼうじゃないか」。

　　下一句又出現了「恣意」：「結核…ただ恣意的に認識されるだけなのです」（…結核病…被擅自認定為疾病）。隨著每個專家不同的解釋，結核有時被認為是不是疾病，有時又被認為是疾病。

　　四個選項當中最符合的是選項3。「人」指的就是「專門家」，對於結核菌，不同專家就有不同解釋。由於這是人為的結果，所以選項1、2都不正確，選項4的「感覚」（感覺）也不正確。

「恣意的」原意是「隨心所欲」、「任意」。劃線部分在第三段。第三段一共出現三次「恣意」，如果不知道它本身的意思，可以從文章當中來仔細推敲。

　　選項1不正確。文中提到「潜伏結核の場合、イソニアチドという薬1つで9か月間の治療なのです」（若為潛伏結核感染，要使用異菸鹼醯胺這一種藥物進行九個月的治療）。可以得知潛伏結核感染是有治療方式的。

　　選項2也不正確。這是文章中沒有提到的。

　　選項4不正確。作者從頭到尾都主張「結核という病気は実在しない」（實際上結核病並不存在），既然他說沒有結核「病」，那他當然不會認為活動性結核是疾病了。

　　正確答案是選項3。文中提到「潜伏結核＝結核菌が体に入っているけれど『病気』を起こしていない状態」（潛伏結核感染＝結核菌進入體內但還沒引起『疾病』的狀態）。

這一題問的是文章當中關於「結核」的敘述。從選項可以發現主要問的是針對「活動性結核」和「潛伏結核」的形容。不過為了節省時間，可以直接用刪去法來作答。

文中提到「これは、結核菌が人間の体内に入り、なおかつ結核菌がその体内から見つかっている、あるいは結核菌が症状を起こしている」（結核菌進入人體內，並且能在體內發現結核菌，或是由結核菌引發了症狀）。選項3對應「結核菌が人間の体内に入り」（結核菌進入人體內）、「結核菌が症状を起こしている」（由結核菌引發了症狀）。

66 「②」に入る言葉は何か。

1 病気

2 現象

3 症状

4 方法

66 下列語詞何者可填入「②」？

1 疾病

2 現象

3 症狀

4 方法

67 この文章で筆者が最も言いたいことはどれか。

1 結核菌が体の中にあっても、それが結核という病気と診断されるとは限らないこと

2 病気の診断や治療は医者の考え方によって変わってしまうものであるということ

3 将来、どんなにテクノロジーが進歩しても結核の病変を確実に見つけることはできないということ

4 病気の診断を客観的で論理的なものであると思うのは医者だけであるということ

67 這篇文章當中作者最想表達的是下列何者呢？

1 即使結核菌在體內，也不一定能診斷為結核病

2 疾病的診斷和治療是隨著醫生的想法而改變的事物

3 未來，不管科技再怎麼進步都無法確切找出結核病變

4 只有醫生才能將疾病診斷視為是客觀且有邏輯性的事物

正確答案是選項2。「現象」在文章當中出現過兩次,「そうみんなが考えれば、この現象は病気に転じます」(只要大家都有這種看法,這個現象的定義就會轉變成疾病)、「結核という病気は実在せず、病気は現象として、ただ恣意的に認識されるだけなのです」(實際上結核病並不存在,只是該現象被擅自認定為疾病而已)。從這兩句可以得知,作者把「結核」當成是一種體內有結核菌的「現象」。

> 這一題考的是劃線部分應該填入什麼字詞比較適合。可以把選項代入原句,看看語句是否通順達意、符合作者的想法。

> 選項1不正確。因為作者以「結核不是病」這個概念來貫穿全文,所以「病気」(疾病)不可能是正確答案。

如果把選項4的「方法」填入劃線處,語句就會變成「結核=方法」,意思不通,所以這也不正確。

> 選項3乍看之下好像沒問題,但別忘了「潛伏結核」是體內雖有結核菌但沒有出現症狀。既然是「沒有症狀」,那劃線部分當然就不能填入「症状」。

這篇文章不管是開頭還是結尾,都在說一樣的事:「結核這種病實際上並不存在」。所以這句話就是作者最想表達的,也是整篇文章的結論。雖然他這種想法有違於一般常識(=結核是疾病),不過作者之所以會這樣說,就是因為結核是根據專斷獨行的想法,才會有時被稱為疾病,有時又不被視為疾病,作者才會表示根本沒有結核「病」這種東西。所以選項2是最接近作者想法的敘述。

> 這一題考的是作者最想表達的內容,也就是整篇文章的中心思想。通常一篇文章的主題會出現在第一段或是最後一段。

選項1、3雖然都有出現在本文當中,但都不是作者「最想表達」的內容,所以不是正確答案。至於選項4,因為全文當中都沒有提到只有醫生才能視疾病診斷為客觀、有邏輯性的,所以這也不正確。

翻譯與解題 ①

🖋 重要文法

【[名詞・形容詞・形容動詞・動詞] 普通形】＋とは限らない。表示事情不是絕對如此，也是有例外或是其他可能性。

❶ とは限らない かぎ 也不一定…、未必…

例句 お金持ちが必ず幸せだとは限らない。
かね も　　かなら　しあわ　　　　　　　　かぎ

有錢人不一定就能幸福。

【名詞；形容動詞詞幹である；[形容詞・動詞] 普通形】＋にすぎない。表示程度有限，有這並不重要的消極評價語氣。

❷ にすぎない

只是…、只不過…、不過是…而已、僅僅是…

例句 そんなの彼のわがままにすぎないから、放っておきなさい。
かれ　　　　　　　　　　　　　ほう

那只是他的任性罷了，別理他。

【名詞；形容動詞詞幹；[形容詞・動詞] 普通形】＋に相違ない。表示說話人根據經驗或直覺，做出非常肯定的判斷。跟「だろう」相比，確定的程度更強。跟「…に違いない」意思相同，只是「…に相違ない」比較書面語。

❸ に相違ない そう い 一定是…、肯定是…

例句 犯人は、窓から侵入したに相違ありません。
はんにん　まど　　しんにゅう　　　そう い

犯人肯定是從窗戶進來的。

🖋 小知識大補帖

▶ 在醫療院所用得到的單字

（　）内の病名は専門的な言い方で、日常会話では（　）の左側の病名を言うことが多い。
ない　びょうめい　せんもんてき　い　かた　　にちじょうかいわ　　　　　　ひだりがわ　びょう　めい　い　　　　　　　おお

括號內的病名是學名，在日常生活當中較常使用括號左側的病名。

病　名	意　思
おたふくかぜ	腮腺炎、流行性腮腺炎、耳下腺炎、豬頭皮
かさぶた	結痂、瘡痂
かぶれ	接觸性皮膚炎、過敏性斑疹
ぎっくり腰 （ごし）	閃到腰、急性腰痛
心筋梗塞 （しんきんこうそく）	心肌梗塞
喘息 （ぜんそく）	氣喘
水疱瘡（水痘） （みずぼうそう）（すいとう）	水痘（日文「水疱瘡」多半寫成「水ぼうそう」）
ただれ	潰爛
盲腸（虫垂炎） （もうちょう）（ちゅうすいえん）	盲腸炎、闌尾炎
捻挫 （ねんざ）	扭傷、挫傷
脳卒中 （のうそっちゅう）	腦中風
はしか（麻疹） （ましん）	麻疹
風疹、三日ばしか （ふうしん）（みっか）	風疹、德國麻疹
水虫 （みずむし）	香港腳、足癬
下痢 （げり）	腹瀉、拉肚子
やけど	灼傷、燙傷、燒傷

和症狀相關的 擬聲擬態語	意思
（のどが）いがいがする （喉嚨）癢、乾	のどの不快感を表す。「のどがいがいがする」ことを「のどがいがらっぽい」ともいう。 表示喉嚨的不適。「のどがいがいがする」也可以說成「のどがいがらっぽい」。
がらがらな（声） 沙啞（聲音）	声がしゃがれているさまを表す。 表示聲音嘶啞貌。
（頭が）がんがんする （頭）嗡嗡響	頭の中で大きな音が響くような感じの痛みを表す。 表示頭裡面痛得大肆作響一般。
（胃が／おなかが）きりきりする （胃／肚子）刺痛	錐をもみ込まれるような鋭い痛みを表す。 表示彷彿錐子戳刺一般的疼痛。
（鼻が）ぐずぐずする （鼻子）鼻水要流不流的	鼻の中に鼻水がたまって不快なさまを表す。 鼻水塞在鼻子裡面引起不適感。
（目が／頭が）くらくらする （眼睛／頭）天旋地轉	めまいがする意。 暈眩的意思。
（目が／おなかが）ごろごろする （眼睛／肚子）咕嚕咕嚕	異物が入った（ような）不快感を表す。 表示（彷彿）有異物侵入的不適感。
（胃が／おなかが）しくしくする （胃／肚子）持續鈍痛	小刻みな痛みがずっと続くことを表す。 表示陣痛持續不停。
（頭が／歯が）ずきずきする （頭／牙齒）抽痛	脈打つような痛みを表す。 彷彿脈搏跳痛一樣的疼痛。

ぜいぜい 呼吸時發出異常的咻咻聲	激しく、苦しそうな息づかいの擬声語。 擬聲語，激烈痛苦的呼吸聲。
ちくちくする 刺痛	それほど激しい痛みではないが、何かが繰り返し刺さる様子を表す。皮膚のほか、心にも使う。 疼痛不是很劇烈，像是反覆針刺的樣子。除了可以用在皮膚外，也可以用來形容心痛。
（胸が／胃が）むかむかする （胸口／胃）反胃、嘔心	吐き気がして気分が悪いことを表す。また、怒りがこみ上げてくるさまにも使う。 表示想吐而身體不舒服。另外也可以用來形容火冒三丈。

次の文章を読んで、後の問いに対する答えとして、最も良いものを1・2・3・4から一つ選びなさい。

　科学者の天地と芸術家の世界とはそれほど相いれぬ（注1）ものであろうか、これは自分の年来の疑問である。

　夏目漱石先生がかつて科学者と芸術家とは、その職業と嗜好を完全に一致させうるという点において共通なものであるという意味の講演をされた事があると記憶している。もちろん芸術家も時として衣食のために働かなければならぬと同様に、科学者もまた時として同様な目的のために自分の嗜好に反した仕事に骨を折ら（注2）なければならぬ事がある。しかしそのような場合にでも、その仕事の中に自分の天与の嗜好に逢着して、いつのまにかそれが仕事であるという事を忘れ、無我の境に入りうる機会も少なくないようである。いわんや（注3）衣食に窮せず、仕事に追われぬ芸術家と科学者が、それぞれの製作と研究とに(没頭)している時の①特殊な心的状態は、その間になんらの区別をも見いだしがたいように思われる。しかしそれだけのことならば、あるいは芸術家と科学者のみに限らぬかもしれない。天性の猟師が獲物をねらっている瞬間に経験する機微な享楽も、樵夫（注4）が大木を倒す時に味わう一種の本能満足も、これと類似の点がないとはいわれない。

　しかし科学者と芸術家の生命とするところは創作である。

他人の芸術の模倣は自分の芸術でないと同様に、他人の研究を繰り返すのみでは科学者の研究ではない。もちろん両者の取り扱う対象の内容には、それは比較にならぬほどの差別（注5）はあるが、そこにまたかなり共有な点がないでもない。科学者の研究の目的物は自然現象であってその中になんらかの未知の事実を発見し、未発の新見解を見いだそうとするのである。芸術家の使命は多様であろうが、その中には広い意味における天然の事象に対する見方とその表現の方法において、なんらかの新しいものを求めようとするのは疑いもない事である。また科学者がこのような新しい事実に逢着した場合に、その事実の実用的価値には全然無頓着に、その事実の奥底に徹底するまでこれを突き止めようとすると同様に、少なくも純真なる芸術が一つの新しい観察創見に出会うた場合には、その実用的の価値などには顧慮する事なしに、その深刻なる描写表現を試みるであろう。古来多くの科学者が②このために迫害や愚弄の焦点となったと同様に、芸術家がそのために悲惨な境界に沈淪せぬまでも、世間の反感を買うた例は少なくあるまい。このような科学者と芸術家とが相会うて肝胆相照らすべき機会があったら、二人はおそらく会心の握手をかわすに躊躇しないであろう。③二人の目ざすところは同一な真の半面である。

（寺田寅彦『科学者と芸術家』）

（注１）相いれぬ：相いれない、両立しない
（注２）骨を折る：苦労する
（注３）いわんや：言うまでもなく、まして
（注４）樵夫：山の木を切るのが仕事の人
（注５）差別：ここでは「区別」のこと

66 本文中に出てくる語句の中で、①特殊な心的状態と類似したものでないのはどれか。

1 無我の境
2 機微な享楽
3 本能満足
4 二人の目ざすところ

67 ②このためとあるが、何のためか。

1 科学者や芸術家が反社会的であるため
2 実用上は価値のない道楽ばかりを求めるため
3 ほかの人を蹴落としても、新しい事実を発見しようとするため
4 実用性を顧みずに、未開拓の領域に突き進もうとするため

68 ③<u>二人の目ざすところ</u>はどこか。

1 自分の嗜好に反することはしなくて済む、嗜好と職業が
完全に一致した人生

2 これまでに誰も到達したことのない境地

3 迫害や愚弄の焦点となったり、世間の反感を買ったりし
なくて済む社会

4 科学者が芸術を楽しんだり、芸術家が科学を理解できた
りする世界

69 この文章で筆者が言っていることは何か。

1 科学者と芸術家は仲が悪いが、仲良くできるはずだ。

2 科学者と芸術家は相いれぬと周りの者は思っているが、
当人達はそう思っていない。

3 科学者の天地と芸術家の世界とは、実のところかなり似
通っている。

4 科学者と芸術家は肝胆相照らすべき機会がない。

次の文章を読んで、後の問いに対する答えとして、最も良いものを1・2・3・4から一つ選びなさい。

科学者の天地と芸術家の世界とはそれほど相容れぬ（注1）ものであろうか、これは自分の年来の疑問である。

夏目漱石先生がかつて科学者と芸術家とは、その職業と嗜好を完全に一致させうるという点において共通なものであるという意味の講演をされた事があると記憶している。もちろん芸術家も時として衣食のために働かなければならぬと同様に、科学者もまた時として同様な目的のために自分の嗜好に反した仕事に骨を折ら（注2）なければならぬ事がある。しかしそのような場合にでも、その仕事の中に自分の天与の嗜好に逢着して、いつのまにかそれが仕事であるという事を忘れ、無我の境に入りうる機会も少なくないようである。いわんや（注3）衣食に窮せず、仕事に追われぬ芸術家と科学者が、それぞれの製作と研究とに（没頭）している時の①特殊な心的状態は、その間になんらの区別をも見いだしがたいように思われる。しかしそれだけのことならば、あるいは芸術家と科学者のみに限らぬかもしれない。天性の猟師が獲物をねらっている瞬間に経験する機微な享楽も、樵夫（注4）が大木を倒す時に味わう一種の本能満足も、これと類似の点がないとはいわれない。

しかし科学者と芸術家の生命とするところは創作である。他人の芸術の模倣は自分の芸術でないと同様に、他人の研究を繰り返すのみでは科学者の研究ではない。もちろん両者の取り扱う対象の内容には、それは比較にならぬほどの差別（注5）はあるが、そこにまたかなり共有な点がないでもない。科学者の研究の目的物は自然現象であってその中になんらかの未知の事実を発見し、未発の新見解を見いだそうとするのである。芸術家の使命は多様であろうが、その中には広い意味における

69題 關鍵句

66題 關鍵句

文法詳見 P230

68題 關鍵句

請閱讀下列文章，並從每題所給的四個選項（1・2・3・4）當中，選出最佳答案。

科學家的天地和藝術家的世界果真如此不相容（注1）嗎？這是我多年來的疑問。

我記得夏目漱石大師在演說中曾經提到：科學家和藝術家兩者的共通點是都能把工作和興趣結合起來。當然，藝術家有時為了餬口而不得不工作，同樣的，科學家有時也為了相同的目的而賣力（注2）從事與自己興趣不符的工作。不過就算在這種時候，似乎也有滿多機會能在工作當中找到十分合意的趣味，不知不覺就忘了那是工作，進入了渾然忘我的境界。更何況（注3）若是藝術家和科學家不愁吃穿、也沒有繁重工作時，當他們埋首於各自的創作和研究之中的①特殊的心理狀態，兩者幾乎沒有什麼差異。但如果只談這點，或許就不僅限於藝術家和科學家。天生的獵人在瞄準獵物的那一瞬間享受到的微妙樂趣，以及樵夫（注4）在砍倒大樹時嘗到的某種滿足本能的感受，都和這點頗為相似。

不過，科學家和藝術家是以創作為生命。就像是模仿他人的藝術不是自己的藝術一樣，一味重複他人的研究也稱不上是科學家的研究。當然兩者處理的標的內容之間的差別（注5）無從比較，但其中也不是完全沒有共通點。科學家的研究對象是自然現象，從中發現某些未知的事實，試圖找出一些尚未發表過的新見解；藝術家的使命雖然多樣化，但就廣義而言，其對

點出主旨：科學家和藝術家的世界其實還滿類似的。

科學家和藝術家有個共通之處，那就是職業和嗜好相符。還有就是兩者都容易完全投入到研究或創作之中。

繼續說明科學家和藝術家還有什麼類似的地方。比如說都以創作為生命、尋求新事物、不在乎新事物的實用價值、常有不好的下場…等。

[理解想法／長文] **219**

翻譯與解題 ②

天然の事象に対する見方とその表現の方法において、なんらかの新しいものを求めようとするのは疑いもない事である。また科学者がこのような新しい事実に逢着した場合に、その事実の実用的価値には全然無頓着に、その事実の奥底に徹底するまでこれを突き止めようとすると同様に、少なくも純真なる芸術が一つの新しい観察創見に出会うた場合には、その実用的の価値などには顧慮する事なしに、その深刻なる描写表現を試みるであろう。古来多くの科学者が②このために迫害や愚弄の焦点となったと同様に、芸術家がそのために悲惨な境界に沈淪せぬまでも、世間の反感を買うた例は少なくあるまい。このような科学者と芸術家とが相会うて肝胆相照らすべき機会があったら、二人はおそらく会心の握手をかわすに躊躇しないであろう。③二人の目ざすところは同一な真の半面である。

（寺田寅彦『科学者と芸術家』）

（注1）相容れぬ：相容れない、両立しない
（注2）骨を折る：苦労する
（注3）いわんや：言うまでもなく、まして
（注4）樵夫：山の木を切るのが仕事の人
（注5）差別：ここでは「区別」のこと

- □ 相いれぬ 不相容，合不來
- □ 年来 長年，多年來
- □ 嗜好 嗜好，愛好
- □ 時として 有時，偶爾
- □ 衣食 吃穿；糊口（意指生活）
- □ 骨を折る 費力，賣力
- □ 天与 天賜，天賦
- □ 逢着 遇到，碰上
- □ 無我 無我，渾然忘我
- □ 窮する 貧困，困窘
- □ 仕事に追われる 忙於工作
- □ 没頭 埋首
- □ なんら 任何，絲毫（接否定）
- □ 見いだす 看出，發現
- □ 天性 天性，天生
- □ 猟師 獵人
- □ 獲物 獵物
- □ 機微 （世間人情等的）微妙
- □ 享楽 享樂，享受
- □ 樵夫 樵夫
- □ 模倣 模仿
- □ 未知 未知，不知道
- □ 事象 事態，現象
- □ なんらか 某些

於自然百態的看法和呈現方式上，試圖追求某些新風貌也是毋庸置疑的。此外，當科學家發現這種前所未知的事實，他們完全不在乎該事實的實用價值，只會對該事實追根究柢。同樣的，至少純真的藝術在面臨一個全新觀察與創見時，也不會顧慮到它的實用價值，只會嘗試予以深刻的描摹表現吧？自古以來，有很多的科學家②因為如此而成為受迫害或被愚弄的焦點，藝術家也因為相同的理由甚至淪落到悲慘的境地，像這樣引發輿論抨擊的例子不在少數。假如這樣的科學家和藝術家有機會赤誠相見，兩人大概毫不猶豫地立刻來個英雄相惜的握手吧。③兩人鎖定的目標是真正的一體兩面。

（寺田寅彥《科學家與藝術家》）

（注1）不相容：合不來、不並存
（注2）賣力：費盡辛苦
（注3）更何況：不必説、況且
（注4）樵夫：在山上砍伐樹木為生的人
（注5）差別：這裡是指「區別」

□ 無頓着 不講究，不在乎
□ 奥底 深奧處，奧妙處
□ 突き止める 追根究柢，查明
□ 純真 純真，純潔
□ 顧慮 顧慮
□ 描写 描寫，描述
□ 試みる 嘗試
□ 古来 自古以來

□ 迫害 迫害，虐待
□ 愚弄 愚弄，蒙蔽玩弄
□ 沈淪 淪落，沒落
□ 反感を買う 引起反感，引發與論抨擊
□ 肝胆相照らす 肝膽相照
□ 会心 知心，英雄相惜
□ 躊躇 猶豫
□ 道楽 業餘嗜好，癖好

□ 蹴落とす 擠下，擠掉
□ 顧みる 顧慮
□ 開拓 開拓，開墾
□ 領域 領域，範疇
□ 突き進む 勇往直前
□ 境地 境界
□ 実のところ 其實，實際上
□ 似通う 相似

66 本文中に出てくる語句の中で、①特殊な心的状態と類似したものでないのはどれか。

1 無我の境

2 機微な享楽

3 本能満足

4 二人の目ざすところ

66 在本文中出現的語句當中，和①特殊的心理狀態不相似的是下列何者？

1 忘我的境界

2 微妙樂趣

3 滿足本能的感受

4 兩人鎖定的目標

文章指出「特殊な心的状態」（特殊的心理狀態）會出現在不愁吃穿的藝術家或科學家專心於自己的創作、研究時。從「いわんや」（更何況）可以得知這一句是上一句更進一步的說明，所以如果想更清楚劃線部分是指什麼，可以往前看：「しかしそのような場合にでも、その仕事の中に自分の天与の嗜好に逢着して、いつのまにかそれが仕事であるという事を忘れ、無我の境に入りうる機会も少なくないようである」（從事與自己興趣不符的工作。不過就算在這種時候，似乎也有滿多機會能在工作當中找到十分合意的趣味，不知不覺就忘了那是工作，進入了渾然忘我的境界）。

選項 2、3 對應到「天性の猟師が獲物をねらっている瞬間に経験する機微な享楽も、樵夫が大木を倒す時に味わう一種の本能満足も、これと類似の点がないとはいわれない」（天生的獵人在瞄準獵物的那一瞬間享受到的微妙樂趣，以及樵夫在砍倒大樹時嘗到的某種滿足本能的感受，都和這點頗為相似），這句接在劃線部分之後，從這邊可以得知「機微な享楽」（微妙樂趣）、「本能満足」（滿足本能的感受）都和「特殊な心的状態」（特殊的心理狀態）類似。

正確答案是4。「二人の目ざすところ」（兩人鎖定的目標）指的是第三段提到的「新しいもの」（未知的事實）、「未発の新見解」（尚未發表過的新見解），科學家和藝術家都在追求這樣的東西。所以這個是科學家和藝術家的目標，不是兩者身處的「特殊な心的状態」（特殊的心理狀態）。

這一題要用刪去法來作答。並要特別小心這一題問的是「不」類似，可別選到描述正確的答案了。

這篇文章的用字比較艱深，像是「逢着」（遇到）、「肝胆相照らす」（赤誠相見）等等，連日本人也覺得很難懂。所以如果有不懂的地方，再接再厲！可別氣餒喔！

也就是說做自己沒興趣的工作時，有時科學家和藝術家還會渾然忘我。而做自己有興趣的工作的話，就更會進入「特殊な心的状態」（特殊的心理狀態），選項1是對的。

67 ②このためとあるが、何の
　　ためか。

1 科学者や芸術家が反社会的
　であるため

2 実用上は価値のない道楽ば
　かりを求めるため

3 ほかの人を蹴落としても、
　新しい事実を発見しようと
　するため

4 実用性を顧みずに、未開拓
の領域に突き進もうとする
ため

67 文中提到②因為如此，是為了
　什麼呢？

1 因為科學家和藝術家是反社會
性的

2 因為一味追求沒有實用價值的
業餘嗜好

3 因為不惜擠下其他人也想要發
現全新的事實

4 因為不顧實用性，朝未開拓的
領域勇往直前

補充單字

□ 科学技術　科學技術
□ 観察　觀察
□ 応用　應用；運用
□ 理論　理論
□ 法則　法則；規律
□ 論理的　邏輯性的
□ 気を配る　注意；關心

□ 気を遣う　注意；關心
□ 心遣い　照顧；關心
□ 気にかける　擔心；掛念
□ 気にする　擔心；介意
□ 創作　創作
□ 独創的　獨創性的
□ 学芸　文藝

文中提到「また科学者がこのような新しい事実に逢着した場合に、その事実の実用的価値には全然無頓着に、その事実の奥底に徹底するまでこれを突き止めようとすると同様に、少なくも純真なる芸術が一つの新しい観察創見に出会うた場合には、その実用的の価値などには顧慮する事なしに、その深刻なる描写表現を試みるであろう」（此外，當科學家發現這種前所未知的事實，他們完全不在乎該事實的實用價值，只會對該事實追根究柢。同樣的，至少純真的藝術在面臨一個全新觀察與創見時，也不會顧慮到它的實用價值，只會嘗試予以深刻的描摹表現吧），因此，科學家才會遭受迫害和愚弄。四個選項當中，最符合這個敘述的是選項4。

通常文章中出現「こ」開頭的指示詞，指的就是前不久才剛提過的人事物，所以我們可以從它的上一句來找出科學家究竟為什麼受到迫害或愚弄。

由於文章當中沒有提到科學家和藝術家「反社會的」，所以選項1不正確。

選項2，文章當中只有說這些人不會去追求實用價值，但也沒有說他們「只會」追求沒有實用價值的嗜好，他們追求的東西是「新事物」、「新見解」。

選項3不正確，文章中並沒有提到「ほかの人を蹴落としても」（不惜擠下其他人）。

□ 文芸（ぶんげい）　文藝
□ 鑑賞（かんしょう）　鑑賞
□ 味わい（あじ）　風味；妙趣
□ おもしろみ　趣味；樂趣
□ 分野（ぶんや）　領域；範圍
□ 範囲（はんい）　範圍

- Answer 2

68 ③二人の目ざすところはどこか。

1 自分の嗜好に反することはしなくて済む、嗜好と職業が完全に一致した人生

2 これまでに誰も到達したことのない境地

3 迫害や愚弄の焦点となったり、世間の反感を買ったりしなくて済む社会

4 科学者が芸術を楽しんだり、芸術家が科学を理解できたりする世界

68 ③兩人鎖定的目標指的是什麼地方呢？

1 過著不必做違反自己興趣的事，興趣和工作完全一致的人生

2 至今還沒有任何人到達的境界

3 不會成為受迫害和被愚弄的焦點、或引發輿論抨擊的社會

4 科學家能享受藝術，藝術家能理解科學的世界

從段落大意表可以知道第三段提到的相似處有「以創作為生命」、「尋求新事物」、「不在乎新事物的實用價值」、「常有不好的下場」這幾點。其中和四個選項意思相通的只有「尋求新事物」，對應到選項2。

文章當中提到：「科学者の研究の目的物は自然現象であってその中になんらかの未知の事実を発見し、未発の新見解を見いだそうとするのである。芸術家の使命は多様であろうが、その中には広い意味における天然の事象に対する見方とその表現の方法において、なんらかの新しいものを求めようとするのは疑いもない事である」（科學的研究對象是自然現象，從中發現某些未知的事實，試圖找出一些尚未發表過的新見解；藝術家的使命雖然多樣化，但就廣義而言，其對於自然百態的看法和呈現方式上，試圖追求某些新風貌也是毋庸置疑的），這邊表示積極意志的句型「（よ）うとする」和「求め」都呼應到劃線部分的「目ざす」。而選項2「これまでに誰も到達したことのない」（至今還沒有任何人到達的境界）也對應到「新しい」（新風貌），正確答案是2。

!

這一題問的是劃線部分的內容。要知道劃線部分指的是什麼，就要弄清楚最後一段，特別是這一段的後半部。不過，最後一段這麼多情報是要從何找起呢？既然兩人的目的地所在是「一體兩面」的，可見是差不多的目標，那我們不妨從科學家和藝術家的「相似之處」著手。

文章提到「もちろん芸術家も時として衣食のために働かなければならぬと同様に、科学者もまた時として同様な目的のために自分の嗜好に反した仕事に骨を折らなければならぬ事がある」（當然，藝術家有時為了餬口而不得不工作，同樣的，科學家有時也為了相同的目的而賣力從事與自己興趣不符的工作），由此可知選項1不正確。

選項3「迫害や愚弄の焦点となったり、世間の反感を買ったり」（受迫害和被愚弄的焦點、或引發輿論抨擊）雖然可以對應到文章中，不過文章當中並沒有說「しなくて済む」（不會成為），所以不正確。

選項4的敘述則是文章當中沒提到的部分，所以並不正確。

翻譯與解題 ②

69 この文章で筆者が言っていることは何か。

1 科学者と芸術家は仲が悪いが、仲良くできるはずだ。

2 科学者と芸術家は相容れぬと周りの者は思っているが、当人達はそう思っていない。

3 科学者の天地と芸術家の世界とは、実のところかなり似通っている。

4 科学者と芸術家は肝胆相照らすべき機会がない。

69 這篇文章當中作者最想表達的是什麼呢？

1 科學家和藝術家雖然關係不睦，但應該可相處融洽。

2 周遭的人雖然覺得科學家和藝術家不相容，但他們本人卻不這麼認為。

3 科學家的天地和藝術家的世界事實上非常相似。

4 科學家和藝術家沒有能夠赤誠相見的機會。

補充單字

- 農夫 農夫
- 漁師 漁夫
- 匠 木匠
- 職人 工匠；專家
- 仕立屋 縫紉師
- シェフ【chef】 廚師
- 建築家 建築師
- 技師 工程師
- 大道芸人 街頭藝人
- 冒険家 探險者
- 浪人 浪人；失業者；失學者
- ホームレス【homeless】 無家可歸的人

選項 1 不正確。全文都沒有提到「科学者と芸術家は仲が悪い」（科學家和藝術家關係不睦）。

選項 2 也不正確。文章只有在第一句提到「科学者の天地と芸術家の世界とはそれほど相いれぬものであろうか、これは自分の年来の疑問である」（科學家的天地和藝術家的世界果真如此不相容嗎？這是我多年來的疑問），作者是對「科學家和藝術家不相容」感到懷疑，並沒有說科學家、藝術家週遭的人都認為兩者不相容，更沒有說科學家和藝術家自己不這麼認為。

選項 3 是正確答案。文章以「科學家和藝術家的相似之處」貫穿全文，特別是在開頭和結尾。

選項 4 對照全文最後「このような科学者と芸術家とが相会うて肝胆相照らすべき機会があったら、二人はおそらく会心の握手をかわすに躊躇しないであろう」（假如這樣的科學家和藝術家有機會赤誠相見，兩人大概毫不猶豫地立刻來個英雄相惜的握手吧），這是用假設條件的句型「たら」表示兩者若有這樣的機會，也許會毫不猶豫地握手，並不是說真的沒有機會。所以選項 4 不正確。

> ! 這一題問的是作者的意見，像這種詢問看法、意見的題目，為了節省時間，最好用刪去法作答。

❷ 重要文法

【動詞ます形】＋得る。表示可以採取這一動作，有發生這種事情的可能性。如果是否定形，就表示不能採取這一動作，沒有發生這種事情的可能性。有接尾詞的作用。連體形、終止形多用「得る（える）」。

❶ 得る／得る 可能、能、會

例句 A銀行とB銀行が合併という話もあり得るね。

A銀行跟B銀行合併一案，也是有可能的。

【動詞辭書形】＋ことなしに；【名詞】＋なしに。「なしに」接在表示動作的詞語後面，表示沒有做前項應該先做的事，就做後項。意思跟「ないで、ずに」相近。書面用語，口語用「ないで」；「ことなしに」表示沒有做前項的話，後面就沒辦法做到的意思。這時候，後多接有否定意味的可能形表現。口語用「しないで…ない」。

❷ ことなしに／なしに 沒有…、不…而…

例句 言葉にして言うことなしに、相手に気持ちを伝えることはできない。

不把話説出來，就無法向對方表達自己的心意。

【名詞で（は）；［形容詞・形容動詞・動詞］否定形】＋ぬまでも。也就是「ないまでも」。前接程度比較高的，後接程度比較低的事物。表示雖然沒有做到前面的地步，但至少要做到後面的水準的意思。是一種從較高的程度，退一步考慮後項實現問題的辦法，帶有「せめて、少なくとも」等感情色彩。後項多為表示義務、命令、意志、希望等內容。

❸ ぬまでも

沒有…至少也…、就是…也該…、即使不…也…

例句 運動しぬまでも、できるだけ歩くようにしたほうがいい。

就算不運動，也盡可能多走路比較好。

❹ まい　不…、不打算…

例句 その株_{かぶ}を買_かっても、損_{そん}はするまい。

買那個股票，大概不會有損失吧！

【動詞辭書形】＋まい。（1）表示說話人推測、想像，「大概不會…」之意。相當於「…ないだろう」；（2）表示說話的人不做某事的意志或決心。相當於「…ないつもりだ」。書面語。

⚡ 小知識大補帖

▶ 寺田寅彦_{てらだとらひこ}

1878 年_{ねん}（明治_{めいじ} 11 年_{ねん}）-1935 年_{ねん}（昭和_{しょうわ} 10 年_{ねん}）。物理学者_{ぶつりがくしゃ}、随筆家_{ずいひつか}、俳人_{はいじん}。東京出身_{とうきょうしゅっしん}、幼少時_{ようしょうじ}に高知県_{こうちけん}に転居_{てんきょ}。地球物理学_{ちきゅうぶつりがく}などを研究_{けんきゅう}する一方_{いっぽう}で、夏目漱石_{なつめそうせき}に師事_{しじ}して文筆活動_{ぶんぴつかつどう}を始_{はじ}める。特_{とく}に科学随筆_{かがくずいひつ}で著名_{ちょめい}。

1878 年（明治 11 年）-1935 年（昭和 10 年）。物理學家、散文作家、俳句詩人。出生於東京，兒少時期遷居高知縣。除了研究地球物理學等之外，還跟隨夏目漱石從事文學活動。特以科學隨筆著名。

▶與中國成語形義相近的日語慣用句

日　語	中　文
夷を以て夷を制す	以夷制夷
烏合の衆	烏合之眾
九牛の一毛	九牛一毛
人口に膾炙する	膾炙人口
青天の霹靂	青天霹靂
糟糠の妻	糟糠之妻
他山の石	他山之石
同病相憐れむ	同病相憐
背水の陣	背水為陣
破竹の勢い	破竹之勢
百聞は一見に如かず	百聞不如一見 （日文的「不」有時可唸成「ず」。「ず」 是文章用語，相當於口語的「ない」）
禍を転じて福と為す	轉禍為福

▶ 非正職工作

契約社員も派遣社員も非正規の従業員です。
不論是約聘員工、或是派遣員工，都不是公司的正式職員。

時給850円でアルバイトしませんか。
有個時薪 850 圓的兼差工作，你要不要做？

週三回、パートに出ています。
每星期出去兼差三天。

レストランでバイトしているので、まかないが出ます。
由於我是在餐廳打工，因此有提供員工餐。

スキー場で泊まり込みのバイトをしたことがあります。
我曾經在滑雪場住宿打工。

週末にアルバイトをして、副収入を得ています。
我在周末打工賺取額外收入。

パート収入は、生活費に充てています。
我把兼差的收入當作生活費。

派遣会社に登録しました。
我去派遣公司登録了。

契約社員から、正社員になることができますか。
請問能從派遣員工成為正式員工嗎？

正社員と契約社員の年収には大きな格差があります。
正式職員和約聘人員的年收入相差甚多。

契約社員の福利厚生はどうなっていますか。
請問約聘人員的福利項目與健康保障有哪些呢？

兄はフリーターです。
家兄是打工族。

フリーターでは何の手当てももらえないよ。
打工族沒有任何津貼哦！

一度フリーターになると、会社に就職するのは難しいよ。
一旦成為打工族，就很難到公司上班了哦！

フリーターになる若者が増加しています。
成為打工族的年輕人日漸增多。

大学を出てフリーターになる人も結構います。
也有不少人大學畢業後就成為打工族。

フリーターになるより、ちゃんと就職したほうがいいよ。
與其變成打工族，還是去當正式的上班族比較好哦。

もんだい

13

閱讀約 700 字的廣告、傳單、手冊等，測驗能否從其中找出需要的訊息。主要以報章雜誌、商業文書等文章為主。

彙整資訊

考前要注意的事

▶ 作答流程 & 答題技巧

閱讀說明	先仔細閱讀考題說明

閱讀 問題與內容	**預估有 2 題** **1** 考試時建議先看提問及選項，再看圖表。 **2** 平常可以多看日本報章雜誌上的廣告、傳單及手冊，進行模擬練習。

答題	選出正確答案

右のページは、「パンドール中島店」の店長・アルバイト募集の広告である。下の問いに対する答えとして最もよいものを、1・2・3・4から一つ選びなさい。

[68] 鈴木さんは、パンドール中島店で働こうかと思っている。鈴木さんがしようと思っている次の行動の中で、間違っているものはどれか。

1 パン工場で1カ月働いた経験があるので、店長に応募しようと思っている。

2 もし店長で採用されなかったら困るので、パン製造のほうでも応募しようと思っている。

3 月に数回、病院に行きたいので、休みは月曜日と木曜日にしてもらおうと思っている。

4 書類がなくなるのが心配なので、応募書類は自分で持っていこうと思っている。

69 次の４人の中で、この求人に応募するのに適さないのは誰か。

1 日本人男性、34歳。パンドール中島店の競合相手、中島ベーカリーで５年間パンを販売していたが、給料が上がらないので、パンドール中島店の店長に応募しようと思っている。

2 日本人女性、22歳。大学４年生になり、午前中は毎日授業がないので、週３日パン製造のアルバイトをしようと思っている。

3 中国人女性、29歳。日本人男性と結婚して、パンドール中島店の近くに住むことになった。日本語はできるが、夫以外とはしゃべるとき緊張するので、販売の仕事は難しい。パン製造の仕事ならあまりしゃべらなくてもできそうなので、アルバイトしたい。何曜日の何時でもいい。

4 日本人男性、40歳。大学を出てからずっとパン製造・販売会社の経理をしていたが、その会社が倒産したので、パンドール中島店の店長に応募しようと思っている。

もんだい8 もんだい9 もんだい10 もんだい11 もんだい12 もんだい13

店長さん・アルバイトさん募集
パンドール中島店

募　集

● 店長　1名（男女不問。ただし、パン販売店で1カ月以上
　　　の職務経験があること。店長経験者優遇。35歳以上
　　　〈35歳未満の方でも相談可〉）

＊　研修期間（2週間、参加必須）終了後、採否を正式に決定
　　します。

● パン製造　若干名（男女、年齢、経験不問、パン作りに興
　　　味のある人）

＊　いままでパンを作ったことのない人でも大丈夫です。

＊　店長と同時に応募も可。

勤務地

パンドール中島店（太田市中島町6－2－1ムーンスーパー1
F）

勤務時間

● 店長　週休2日（好きな曜日に休みを設定できます〈土日
　　　を除く〉）。9：00～18：00

● パン製造　週3日勤務（好きな曜日を選ぶことができます）
　　　　　　5：00～11：00

応募方法

パンドール本店（〒200-5200新井市紅葉町3－2－1朝日ビル
6F、TEL　0488-26-5831）に写真貼付の履歴書と指定の応募
用紙を郵送、または持参。ただし、郵送中の事故について、当
店は責任を負いません。応募用紙はパンドール本店および中島
店に置いてあります。

店の場所については、ホームページ（http://www.panndoru. jp）に載っている地図を参照のこと。なお、メールでの応募は不可。

審査方法

1. 書類審査（提出していただいた履歴書などの書類は返却しません。）
2. 面接（日時については、こちらから電話にてご連絡します。）

採用通知

面接後、電話にてご連絡いたします（メールでの連絡はいたしません）。

＊　店へのお問い合わせはご遠慮ください。

その他

1. 店長・パン製造いずれも勤務中の制服は無料で貸与します。
2. 外国人の場合は、日本で合法的に就労できる身分であること、および業務に支障がない程度に日本語ができることを条件とします。

右のページは、「パンドール中島店」の店長・アルバイト募集の広告である。下の問いに対する答えとして最もよいものを、1・2・3・4から一つ選びなさい。

店長さん・アルバイトさん募集

パンドール中島店

募集

● 店長　1名（男女不問。ただし、パン販売店で1カ月以上の職務経験があること。店長経験者優遇。35歳以上〈35歳未満の方でも相談可〉）

＊　研修期間（2週間、参加必須）終了後、採否を正式に決定します。

● パン製造　若干名（男女、年齢、経験不問、パン作りに興味のある人）

＊　いままでパンを作ったことのない人でも大丈夫です。

＊　店長と同時に応募も可。

勤務地

パンドール中島店（太田市中島町6－2－1ムーンスーパー1F）

勤務時間

● 店長　週休2日（好きな曜日に休みを設定できます〈土日を除く〉）。9：00〜18：00

● パン製造　週3日勤務（好きな曜日を選ぶことができます）
　　　　　5：00〜11：00

応募方法

パンドール本店（〒200-5200新井市紅葉町3－2－1朝日ビル6F、TEL　0488-26-5831）に写真貼付の履歴書と指定の応募用紙を郵送、または持参。ただし、郵送中の事故について、当店は責任を負いません。応募用紙はパンドール本店および中島店に置いてあります。

下面是「PANDOLL中島店」招募店長、兼職人員的廣告。請從每題所給的四個選項（1. 2. 3. 4）當中，選出最佳答案。

招募店長、兼職人員
PANDOLL 中島店

招　募

●店長　1名（男女不拘。但須有麵包店1個月以上的職務經歷。有店長經驗者給以優厚待遇。35歲以上〈未滿35歲者也可洽談〉）

＊　受訓期間（2週、強制參加）結訓後將正式決定是否錄取。

●麵包學徒　數名（不限性別、年齡、經驗。對麵包製作有興趣者）
＊　從來都沒有製作麵包經驗的人也可以。
＊　可同時應徵店長。

上班地點

PANDOLL中島店（太田市中島町6－2－1MOON超市1F）

上班時間

●店長　週休2日（可擇日休假〈六日除外〉）。9：00～18：00
●麵包學徒　一週上班三天（可擇日）5：00～11：00

應徵方法

將貼有照片的履歷表及規定的報名表郵寄或親自送到PANDOLL總店（〒200-5200新井市紅葉町3－2－1朝日大樓6F、TEL　0488-26-5831）。但郵寄過程中如發生問題，本店概不負責。PANDOLL總店及中島店均備有報名表。

店の場所については、ホームページ（http://www.panndoru.jp）に載っている地図を参照のこと。なお、メールでの応募は不可。

審査方法

1・書類審査（提出していただいた履歴書などの書類は返却しません。）
2・面接（日時については、こちらから電話にてご連絡します。）

採用通知

面接後、電話にてご連絡いたします（メールでの連絡はいたしません）。

＊　店へのお問い合わせはご遠慮ください。

その他

1・店長・パン製造いずれも勤務中の制服は無料で貸与します。
2・外国人の場合は、日本で合法的に就労できる身分であること、および業務に支障がない程度に日本語ができることを条件とします。

□ 競合　競爭

□ ベーカリー【bakery】　烘焙屋，麵包店

□ 経理　會計事務

□ 倒産　倒閉，破產

□ 不問　不拘

□ 優遇　優厚待遇

□ 必須　必須，必要

□ 採否　錄用與否

□ 若干　數（名），若干

店舖位置請參照官網（http://www.panndoru.jp）上的地圖。另外，不可以e-mail應徵。

評選方法

1．書面評選（繳交的履歷表等文件恕不歸還。）
2．面試（日期時間將由本店致電聯絡。）

錄取通知

面試後將以電話聯絡（不以e-mail聯絡）。

＊　請勿到店面詢問。

其他

1．店長、麵包學徒上班時的制服將免費出借。
2．外籍人士的應徵條件需有在日合法勞動身分，以及工作上溝通無障礙的日語能力。

□ 責任を負う　負責
□ 返却　歸還，退還
□ 貸与　出借
□ 支障　障礙

店長さん・アルバイトさん募集
パンドール中島店

募　集
- 店長　１名（男女不問。ただし、**パン販売店で１カ月以上の職務経験があること。** 店長経験者優遇。35歳以上〈35歳未満の方でも相談可〉）← 關鍵句
- ＊　研修期間（２週間、参加必須）終了後、採否を正式に決定します。
- パン製造　若干名（男女、年齢、経験不問、パン作りに興味のある人）
- ＊　いままでパンを作ったことのない人でも大丈夫です。
- ＊　店長と同時に応募も可。

勤務地
パンドール中島店（太田市中島町６－２－１ムーンスーパー１Ｆ）

勤務時間
- 店長　週休２日（好きな曜日に休みを設定できます〈土日を除く〉）。９：００〜18：00
- パン製造　週３日勤務（好きな曜日を選ぶことができます）
　　　　　　　　　５：００〜11：00

応募方法
パンドール本店（〒200-5200新井市紅葉町３－２－１朝日ビル６Ｆ、TEL　0488-26-5831）に写真貼付の履歴書と指定の応募用紙を郵送、または持参。ただし、郵送中の事故について、当店は責任を負いません。応募用紙はパンドール本店および中島店に置いてあります。店の場所については、ホームページ（http://www.panndoru.jp）に載っている地図を参照のこと。なお、メールでの応募は不可。

審査方法
1．書類審査（提出していただいた履歴書などの書類は返却しません。）
2．面接（日時については、こちらから電話にてご連絡します。）

採用通知
面接後、電話にてご連絡いたします（メールでの連絡はいたしません）。
＊　店へのお問い合わせはご遠慮ください。

その他
1．店長・パン製造いずれも勤務中の制服は無料で貸与します。
2．外国人の場合は、日本で合法的に就労できる身分であること、および業務に支障がない程度に日本語ができることを条件とします。

68 鈴木さんは、パンドール中島店で働こうかと思っている。鈴木さんがしようと思っている次の行動の中で、間違っているものはどれか。

1 パン工場で１カ月働いた経験があるので、店長に応募しようと思っている。

2 もし店長で採用されなかったら困るので、パン製造のほうでも応募しようと思っている。

3 月に数回、病院に行きたいので、休みは月曜日と木曜日にしてもらおうと思っている。

4 書類がなくなるのが心配なので、応募書類は自分で持っていこうと思っている。

注意題目問的是錯誤的，可別選到正確的敘述了。建議先從選項敘述中抓出關鍵字，接著從海報中找需要的資料，再對照是否符合設定的條件。

四個選項當中只有選項１是有問題的。不正確的地方在「パン工場で１カ月働いた経験があるので」這段敘述，因為公司的規定是「パン販売店で１カ月以上の職務経験があること」，要求曾在「パン販売店」工作一個月以上，而不是在「パン工場」。

Answer **1**

68 鈴木先生想在PANDOLL中島店工作。在下列鈴木先生打算採取的行動當中，哪一個是不正確的呢？

1 擁有在麵包工廠工作過１個月的經驗，所以想應徵店長。

2 如果沒有被錄用為店長會很困擾，所以也想應徵麵包學徒。

3 一個月要去醫院幾次，所以休假想休禮拜一和禮拜四。

4 擔心資料會遺失，所以應徵資料想自己拿過去。

選項２，鈴木先生想要同時應徵店長和麵包學徒。海報裡面提到「店長と同時に応募も可」，所以是可行的。

選項３，鈴木先生休假想排週一和週四。店長職務的休假方式是週休二日，除了週六、週日這兩天之外都可以自行安排休假。而麵包學徒的休假方式是週休四日，可以自由安排。所以這也是可行的。

選項４，鈴木先生想要親自送交報名資料，報名方法裡面提到報名資料可以郵寄或是「持参」（帶來、帶去），所以也是可行的。

店長さん・アルバイトさん募集
パンドール中島店

募　集
- ● 店長　１名（男女不問。ただし、パン販売店で１カ月以上の職務経験があること。店長経験者優遇。35歳以上〈35歳未満の方でも相談可〉）
- ＊　研修期間（２週間、参加必須（ひっす）終了後、採否を正式に決定します。
- ● パン製造　若干名（男女、年齢、経験不問、パン作りに興味のある人）
- ＊　いままでパンを作ったことのない人でも大丈夫です。
- ＊　店長と同時に応募も可。

勤務地
パンドール中島店（太田市中島町６－２－１ムーンスーパー１Ｆ）

勤務時間
- ● 店長　週休２日（好きな曜日に休みを設定できます〈土日を除く〉）。９：００～１８：００
- ● パン製造　週３日勤務（好きな曜日を選ぶことができます）　５：００～１１：００

応募方法
パンドール本店（〒200-5200新井市紅葉町３－２－１朝日ビル６Ｆ、TEL　0488-26-5831）に写真貼付の履歴書と指定の応募用紙を郵送、または持参。ただし、郵送中の事故について、当店は責任を負いません。応募用紙はパンドール本店および中島店に置いてあります。
店の場所については、ホームページ（http://www.panndoru.jp）に載っている地図を参照のこと。なお、メールでの応募は不可。

審査方法
１．書類審査（提出していただいた履歴書などの書類は返却しません。）
２．面接（日時については、こちらから電話にてご連絡します。）

採用通知
面接後、電話にてご連絡いたします（メールでの連絡はいたしません）。
＊　店へのお問い合わせはご遠慮ください。

その他
１．店長・パン製造いずれも勤務中の制服は無料で貸与（たいよ）します。
２．外国人の場合は、日本で合法的に就労できる身分であること、および業務に支障がない程度に日本語ができることを条件とします。

69 次の４人の中で、この求人に応募するのに適さないのは誰か。

1 日本人男性、34歳。パンドール中島店の競合相手、中島ベーカリーで５年間パンを販売していたが、給料が上がらないので、パンドール中島店の店長に応募しようと思っている。

2 日本人女性、22歳。大学４年生になり、午前中は毎日授業がないので、週３日パン製造のアルバイトをしようと思っている。

3 中国人女性、29歳。日本人男性と結婚して、パンドール中島店の近くに住むことになった。日本語はできるが、夫以外としゃべるとき緊張するので、販売の仕事は難しい。パン製造の仕事ならあまりしゃべらなくてもできそうなので、アルバイトしたい。何曜日の何時でもいい。

4 日本人男性、40歳。大学を出てからずっとパン製造・販売会社の経理をしていたが、その会社が倒産したので、パンドール中島店の店長に応募しようと思っている。

69 以下４個人當中，不符合這項徵人條件的是誰呢？

1 日本人男性，34 歲。曾在 PANDOLL 中島店的競爭對手——中島烘焙屋銷售麵包５年，由於沒有加薪，所以想應徵 PANDOLL 中島店的店長。

2 日本人女性，22 歲。升上大學４年級，由於每天上午都沒課，所以一週想兼職麵包學徒３天。

3 中國人女性，29 歲。和日本男性結婚，住在 PANDOLL 中島店附近。雖然會日語，但是和丈夫以外的人說話時會緊張，所以難以從事銷售工作。製作麵包的工作似乎不太需要與人交談，所以想兼職工作。星期一到日的任何時段都可以上班。

4 日本人男性，40 歲。大學畢業後一直從事麵包生產銷售公司的會計，由於該公司倒閉，想要應徵 PANDOLL 中島店的店長。

◎

1　日本人男性、34歳。パンドール中島店の競合相手、中島ベーカリーで5年間パンを販売していたが、給料が上がらないので、パンドール中島店の店長に応募しようと思っている。

1　日本人男性，34 歲。曾在 PANDOLL 中島店的競爭對手——中島烘焙屋銷售麵包 5 年，由於沒有加薪，所以想應徵 PANDOLL 中島店的店長。

◎

2　日本人女性、22歳。大学4年生になり、午前中は毎日授業がないので、週3日パン製造のアルバイトをしようと思っている。

2　日本人女性，22 歲。升上大學 4 年級，由於每天上午都沒課，所以一週想兼職麵包學徒 3 天。

◎

3　中国人女性、29歳。日本人男性と結婚して、パンドール中島店の近くに住むことになった。日本語はできるが、夫以外とはしゃべるとき緊張するので、販売の仕事は難しい。パン製造の仕事ならあまりしゃべらなくてもできそうなので、アルバイトしたい。何曜日の何時でもいい。

3　中國人女性，29 歲。和日本男性結婚，住在 PANDOLL 中島店附近。雖然會日語，但是和丈夫以外的人説話時會緊張，所以難以從事銷售工作。製作麵包的工作似乎不太需要與人交談，所以想兼職工作。星期一到日的任何時段都可以上班。

✕

4　日本人男性、40歳。大学を出てからずっとパン製造・販売会社の経理をしていたが、その会社が倒産したので、パンドール中島店の店長に応募しようと思っている。

4　日本人男性，40 歲。大學畢業後一直從事麵包生產銷售公司的會計，由於該公司倒閉，想要應徵 PANDOLL 中島店的店長。

選項1的日本人男性想應徵店長職務。這名男性完全符合報名資格。雖然年齡只有34歲，但是海報上有提到「35歲未滿の方でも相談可」，表示還有商量餘地。

條件	對應內容
✔ 日本男性	男女不問
✔ 34 歲	35 歲以上〈35 歲未満の方でも相談可〉
✔ 中島ベーカリーで5年間パンを販売していた	パン販売店で1カ月以上の職務経験があること

這位日本人女性想找麵包學徒的打工。從下表來看，這名女性完全符合麵包學徒這份工作的報名條件。

條件	對應內容
✔ 日本女性、22 歲	男女、年齡、経験不問
✔ 午前中は毎日授業がないので、週3日アルバイトをしようと思っている	週3日勤務　5：00 ～ 11：00

注意外國人在日本合法工作需要取得居留權，而這名女性配偶是日本人，所以一定有居留權。

條件	對應內容
✔ 中国人	外国人の場合
✔ 女性、29 歲	男女、年齡、経験不問
✔ 日本人男性と結婚して	日本で合法的に就労できる身分であること
✔ 日本語はできる。パン製造の仕事ならあまりしゃべらなくてもできそう	業務に支障がない程度に日本語ができること
✔ 何曜日の何時でもいい	週3日勤務（好きな曜日を選ぶことができます）5：00 ～ 11：00

這位日本人男性想應徵店長職務。這名男性有一個地方不符合報名資格，那就是「経理をしていた」。雖然他在同業工作過好幾年，可是他當的是「會計」，負責管錢，和公司要求的「販売」（銷售）職務不同，所以不符合。正確答案是4。

條件	對應內容
✔ 日本人、男性	男女不問
✔ 40 歲	35 歲以上〈35 歲未満の方でも相談可〉
✗ 大学を出てからずっとパン製造・販売会社の経理をしていた	パン販売店で1カ月以上の職務経験があること

① 這一大題是「資訊檢索」，考驗考生能否從圖表（傳單、廣告、公告等）找到解題需要的資訊。

這一題要特別注意題目問的是「間違っている」（不正確的），可別選到正確敘述的選項了。建議先從選項敘述中抓出關鍵字，接著回到海報裡面找出需要的資料，再對照是否符合原文所設定的條件。

❷ 小知識大補帖

▶源自於葡萄牙語的語詞

　日本には、1543 年に鉄砲、1549 年にキリスト教が伝来しました。日本と西洋との本格的な接触の幕開けです。当時、日本に来る西洋人はポルトガル人とスペイン人（合わせて「南蛮」と言った）が主でした。この二国の言葉から借用された語彙は、日本語の中では漢語に次いで古い外来語なので、既に外来語という感じが薄れ、漢字や平仮名表記の方が普通になっているものもあります。

　日本於西元 1543 年傳入槍砲，西元 1549 年傳入基督教。這為日本和西洋的正式接觸揭開了序幕。當時前來日本的西洋人主要為葡萄牙人和西班牙人（兩者合稱為「南蠻」）。從這兩國語言借用的詞彙，在日語當中是僅次於漢語的古老外來語，所以外來語的感覺已經變得很薄弱，其中甚至也有一些詞彙比較常寫成漢字或平假名。

常見表記	其他表記	原　文	意　思
カステラ		Pão de Castelha	焼き菓子の一種。 烘焙點心的一種。蜂蜜蛋糕。
合羽 （カッパ）	カッパ	capa	雨天用の外套の一種。 雨天用的一種外套。雨衣。
歌留多 （カルタ）	カルタ	carta	カードゲーム。特にいろはがるたと歌がるたを指すことが多い。 紙牌遊戲。特別是指伊呂波紙牌和百人一首紙牌。
金平糖 （コンペイトー）	コンペイトー	confito	球状で、たくさんの突起がある砂糖菓子の一種。 一種球狀糖果，表面有很多突起物。
襦袢 （ジュバン）		gibão	和服用の下着。日本のものである上、通常漢字で書くため、日本人の多くが西洋の言葉由来だとは知らない。 和服的襯衣。由於是日本的東西，再加上通常寫成漢字，所以大多數日本人都不曉得這是自西洋傳入的語詞。

煙草 （タバコ）	タバコ	tabaco	植物の名、またその植物の葉を加工した嗜好品。 植物名，或是用該植物的葉子加工製成的嗜好品。菸草。香菸。
チャルメラ		chara-mela	木管楽器の一種。屋台のラーメン屋がよく使う。なお、言葉はポルトガル語由来だが、現在日本で使われている楽器は中国由来のもの。 木管樂器的一種。拉麵攤經常使用。此外，這個單字雖然借字於葡萄牙語，但現在日本所使用的樂器是從中國傳來的。簫姆管。
パン		pão	小麦粉を発酵させて焼いた食品。 以麵粉發酵烘焙而成的食品。麵包。
ボーロ		bolo	丸くて小さい焼き菓子の一種。 一種球狀小餅乾。
ミイラ		mirra	死体が腐敗せずに元に近い状態を保っているもの。なお、慣用的に「ミーラ」ではなく「ミイラ」と書く。 不會腐壞且幾乎能保持生前狀態的屍體。又，習慣上寫成「ミイラ」而不是「ミーラ」。木乃伊。

次は、インターネットで見つけた現在作品募集中のコンテストの一覧表である。下の問いに対する答えとして、最も良いものを1・2・3・4から一つ選びなさい。

70 推理小説作家の久保さんはできれば次に書く作品は何かの懸賞に応募しようと思っている。久保さんが応募できるのはいくつあるか。

1　一つ

2　二つ

3　三つ

4　四つ

71 川本さんの一家は、それぞれ趣味で次の作品を作った。いずれもまだ家族にしか見せていない。川本家では、合わせていくつの賞に応募することができるか。　祖母：花を描いた油絵。父：四季の風景写真。母：短歌。姉：4コマ漫画（場面が四つで終わる漫画）。弟：詩。

1　一つ

2　二つ

3　三つ

4　四つ

		賞金	作品の種類	対象
1	にっぽんミステリー小説大賞	200万円	ミステリー小説 400字詰め原稿用紙200枚以上800枚以内。	年齢不問。アマチュアの未発表の作品に限る。
2	日本漫画家大賞	大賞：300万円。 受賞作は本誌掲載。	ジャンル不問。	プロアマ問わず。
3	短編小説コンテスト	賞金100万円	ジャンルの設定は自由。3000字以上、10000字以内。	プロアマ問わず。未発表の作品に限る。複数の投稿可。
4	俳句賞	賞状、記念品、副賞30万円	俳句。	未発表の作品。一人10句まで。新聞、雑誌、同人誌、句会報のほか、ホームページ、ブログ等に掲載された作品は無効。
5	イラストコンクール	賞金30万円。最優秀作品は表紙イラストとして掲載。	ファンタジーの世界を描いたＡ４サイズのイラスト。画材は問わず。	年齢·プロアマ不問。未発表の作品に限る。応募は一人カラー作品2枚、モノクロ作品2枚の計4枚まで。
6	ベストフォト賞	観光パンフレット等に使用。	秋をテーマにした作品。	アマチュアに限る。

7	漫画新人賞	賞金50万。9月号に掲載。	ストーリー漫画。40ページから60ページ。	アマ限定。未発表の作品に限る。
8	映像コンテスト	賞金300万円。授賞式にて上映。	10歳以下の子どもを対象にしたアニメーション。10分以上、20分以内。	アマチュアの方が制作した作品とします。なお、個人で制作した作品でも、グループで制作した作品でも応募できます。
9	出版大賞	賞金300万円。最優秀作品は出版。	エッセー、小説などの散文作品（詩歌は不可）、ジャンルを問わず。400字詰め原稿用紙換算で50枚以上、600枚以内。	プロアマ問わず。応募は期間を通じて1回のみとし、複数作品の応募は受け付けません。

もんだい 8

もんだい 9

もんだい 10

もんだい 11

もんだい 12

もんだい 13

翻譯與解題 ②

次は、インターネットで見つけた現在作品募集中のコンテストの一覧表である。下の問いに対する答えとして、最も良いものを1・2・3・4から一つ選びなさい。

		賞金	作品の種類	対象
1	にっぽんミステリー小説大賞	200万円	ミステリー小説 400字詰め原稿用紙200枚以上800枚以内。	年齢不問。アマチュアの未発表の作品に限る。
2	日本漫画家大賞	大賞：300万円。受賞作は本誌掲載。	ジャンル不問。	プロアマ問わず。
3	短編小説コンテスト	賞金100万円	ジャンルの設定は自由。3000字以上、10000字以内。	プロアマ問わず。未発表の作品に限る。複数の投稿可。
4	俳句賞	賞状、記念品、副賞30万円	はいく 俳句。	未発表の作品。一人10句まで。新聞、雑誌、同人誌、句会報のほか、ホームページ、ブログ等に掲載された作品は無効。
5	イラストコンクール	賞金30万円。最優秀作品は表紙イラストとして掲載。	ファンタジーの世界を描いたＡ４サイズのイラスト。画材は問わず。	年齢・プロアマ不問。未発表の作品に限る。応募は一人カラー作品2枚、モノクロ作品2枚の計4枚まで。

下面是在網路上找到正在募集作品的比賽一覽表。請從每題所給的四個選項
（1‧2‧3‧4）當中，選出最佳答案。

		獎金	作品種類	對象
1	日本懸疑推理小説大獎	200萬圓	懸疑推理小説400字稿紙200張以上，800張以內。	年齡不拘。僅限於業餘人士未經發表過的作品。
2	日本漫畫家大獎	大獎：300萬圓。得獎作品將刊載於本雜誌。	種類不限。	不限職業級或業餘人士。
3	短篇小説比賽	獎金100萬圓	自由設定類別。3000字以上，10000字以內。	不限職業級或業餘人士。僅限於未經發表過的作品。可一次投稿複數作品。
4	俳句獎	獎狀、紀念品、副獎30萬圓	俳句。	未經發表過的作品。一人限10句。除了報紙、雜誌、同人誌、句會報之外，刊載在網頁、部落格等處將視為無效。
5	插畫大賽	獎金30萬圓。最優秀作品將刊載為封面插圖。	描繪奇幻世界的Ａ４尺寸插畫。不限畫具。	年齡、職業級業餘級均不拘。僅限於未經發表過的作品。投稿一人最多限彩色作品２張、單色作品２張，共計４張。

6	ベストフォト賞	観光パンフレット等に使用。	秋をテーマにした作品。	アマチュアに限る。
7	漫画新人賞	賞金50万。9月号に掲載。	ストーリー漫画。40ページから60ページ。	アマ限定。未発表の作品に限る。
8	映像コンテスト	賞金300万円。授賞式にて上映。	10歳以下の子どもを対象にしたアニメーション。10分以上、20分以内。	アマチュアの方が制作した作品とします。なお、個人で制作した作品でも、グループで制作した作品でも応募できます。
9	出版大賞	賞金300万円。最優秀作品は出版。	エッセー、小説などの散文作品（詩歌は不可）、ジャンルを問わず。400字詰め原稿用紙換算で50枚以上、600枚以内。	プロアマ問わず。応募は期間を通じて1回のみとし、複数作品の応募は受け付けません。文法詳見 P264

- □ 一覧表 一覧表
- □ ミステリー【mystery】 懸疑推理
- □ 原稿用紙 稿紙
- □ アマチュア【amateur】 業餘人士
- □ 掲載 刊載，刊登

- □ ジャンル【genre】 種類
- □ 俳句 俳句
- □ 副賞 副奨
- □ 同人誌 同人誌（志同道合之人所共同出版的書刊雑誌）

6	最佳照片獎	將使用於觀光手冊等。	以秋天為主題的作品。	僅限於業餘人士。
7	漫畫新人獎	獎金50萬圓。將刊載於 9 月號。	長篇漫畫。40頁至60頁。	限定業餘人士。僅限於未經發表過的作品。
8	影像比賽	獎金300萬圓。將於頒獎典禮上播映。	以10歲以下的小孩為對象的動畫。10分鐘以上，20分鐘以內。	業餘人士所製作的作品。此外，個人製作作品及團體製作作品均可報名參加。
9	出版大獎	獎金300萬圓。將出版最優秀作品。	隨筆、小説等散文作品（詩歌不可），種類不拘。以400字稿紙換算下來，50張以上，600張以內。	職業級和業餘人士均無限制。報名期間僅能投稿 1 次，不接受投稿複數作品。

□ ファンタジー 【fantasy】　奇幻

□ モノクロ 【monochrome之略】　單色，黑白

□ ベスト 【best】　最佳

□ フォト 【photo】　照片

□ 上映（じょうえい）　播映

□ エッセー 【essay】　隨筆，小品文

□ 換算（かんさん）　換算，折合

□ 懸賞（けんしょう）　懸賞（比賽），獎金、獎品

		賞金	作品の種類	対象	
1	にっぽんミステリー小説大賞	200万円	ミステリー小説 400字詰め原稿用紙200枚以上800枚以内。	年齢不問。**アマチュアの未発表の作品に限る。**	關鍵句
2	日本漫画家大賞	大賞：300万円。受賞作は本誌掲載。	ジャンル不問。	プロアマ問わず。	
3	短編小説コンテスト	賞金100万円	ジャンルの設定は自由。3000字以上、10000字以内。	**プロアマ問わず。**未発表の作品に限る。複数の投稿可。	關鍵句
4	俳句賞	賞状、記念品、副賞30万円	俳句。	未発表の作品。一人10句まで。新聞、雑誌、同人誌、句会報のほか、ホームページ、ブログ等に掲載された作品は無効。	
5	イラストコンクール	賞金30万円。最優秀作品は表紙イラストとして掲載。	ファンタジーの世界を描いたＡ４サイズのイラスト。画材は問わず。	年齢・プロアマ不問。未発表の作品に限る。応募は一人カラー作品2枚、モノクロ作品2枚の計4枚まで。	
6	ベストフォト賞	観光パンフレット等に使用。	秋をテーマにした作品。	アマチュアに限る。	
7	漫画新人賞	賞金50万。9月号に掲載。	ストーリー漫画。40ページから60ページ。	アマ限定。未発表の作品に限る。	
8	映像コンテスト	賞金300万円。授賞式にて上映。	10歳以下の子どもを対象にしたアニメーション。10分以上、20分以内。	アマチュアの方が制作した作品とします。なお、個人で制作した作品でも、グループで制作した作品でも応募できます。	
9	出版大賞	賞金300万円。最優秀作品は出版。	エッセー、小説などの散文作品（詩歌は不可）、ジャンルを問わず。400字詰め原稿用紙換算で50枚以上、600枚以内。	**プロアマ問わず。**応募は期間を通じて1回のみとし、複数作品の応募は受け付けません。	關鍵句

70 推理小説作家の久保さんはできれば
次に書く作品は何かの懸賞に応募し
ようと思っている。久保さんが応募
できるのはいくつあるか。

1 一つ

2 二つ

3 三つ

4 四つ

①　這一大題是「資訊檢索」，考驗考生能否從圖表（傳單、廣告、公告等）找到解題需要的資訊。問題通常會設下許多限制，再詢問考生最符合條件的是哪個選項。所以最迅速的作答方式是先看問題，抓出限制條件，再回到圖表找出對應項目。

Answer 2

70 推理小說作家久保先生如果有機會，他想拿下一部作品去參加個什麼比賽。久保先生能夠報名的比賽有幾個呢？

1 一個

2 兩個

3 三個

4 四個

　　解題關鍵在「推理小說作家」，也就是說只要把焦點放在有關懸疑推理小說的比賽就好。和小說有關的項目分別有1、3、9。現在來看看久保先生是否能報名參加這三個比賽。

　　從表中來看，可以發現久保先生能報名的比賽只有3和9這兩個。他不能參加1的原因是該比賽限定「アマチュア」（業餘人士）參加，但久保先生是推理小說家，所以他是「プロ」（職業人士），因此不符合報名資格。

		賞金	作品の種類	対象
1	にっぽんミステリー小説大賞	200万円	ミステリー小説 400字詰め原稿用紙200枚以上800枚以内。	年齢不問。アマチュアの未発表の作品に限る。
2	日本漫画家大賞	大賞：300万円。受賞作は本誌掲載。	ジャンル不問。	プロアマ問わず。
3	短編小説コンテスト	賞金100万円	ジャンルの設定は自由。3000字以上、10000字以内。	プロアマ問わず。未発表の作品に限る。複数の投稿可。
4	俳句賞	賞状、記念品、副賞30万円	俳句。	未発表の作品。一人10句まで。新聞、雑誌、同人誌、句会報のほか、ホームページ、ブログ等に掲載された作品は無効。
5	イラストコンクール	賞金30万円。最優秀作品は表紙イラストとして掲載。	ファンタジーの世界を描いたＡ４サイズのイラスト。画材は問わず。	年齢・プロアマ不問。未発表の作品に限る。応募は一人カラー作品2枚、モノクロ作品2枚の計4枚まで。
6	ベストフォト賞	観光パンフレット等に使用。	秋をテーマにした作品。	アマチュアに限る。
7	漫画新人賞	賞金50万。9月号に掲載。	ストーリー漫画。40ページから60ページ。	アマ限定。未発表の作品に限る。
8	映像コンテスト	賞金300万円。授賞式にて上映。	10歳以下の子どもを対象にしたアニメーション。10分以上、20分以内。	アマチュアの方が制作した作品とします。なお、個人で制作した作品でも、グループで制作した作品でも応募できます。
9	出版大賞	賞金300万円。最優秀作品は出版。	エッセー、小説などの散文作品（詩歌は不可）、ジャンルを問わず。400字詰め原稿用紙換算で50枚以上、600枚以内。	プロアマ問わず。応募は期間を通じて1回のみとし、複数作品の応募は受け付けません。

71 川本さんの一家は、それぞれ趣味で次の作品を作った。いずれもまだ家族にしか見せていない。川本家では、合わせていくつの賞に応募することができるか。　祖母：花を描いた油絵。父：四季の風景写真。母：短歌。姉：4コマ漫画（場面が四つで終わる漫画）。弟：詩。

1　一つ　　　　2　二つ
3　三つ　　　　4　四つ

Answer 2

這一題要先找出每個家人能參加的比賽種類，再來看看是否符合報名條件。

祖母的作品是「花を描いた油絵」（以花為主題的油畫）。9個比賽當中唯一和畫作有關的是5，但這個比賽要求「ファンタジーの世界を描いたＡ４サイズのイラスト」（描繪奇幻世界的Ａ４尺寸插畫），而祖母的作品是畫花，所以不符合報名條件。

71 川本先生一家人依個人的興趣創作了以下的作品。到目前為止，每件作品都只給家人看過。川本先生全家人總共能報名幾個比賽呢？ 祖母：以花為主題的油畫。父親：四季的風景照。母親：短歌。姐姐：四格漫畫（以四個場景作結的漫畫）。弟弟：詩。

1　一個　　　2　兩個
3　三個　　　4　四個

父親的作品是「四季の風景写真」（四季的風景照）。和照片有關的比賽是6。剛好父親的照片當中也有比賽規定的「秋をテーマにした作品」（以秋天為主題的作品）。再加上比賽只限業餘人士報名，而從問題敘述「それぞれ趣味で次の作品を作った」（依個人的興趣創作了以下的作品），因此父親是業餘人士沒錯。父親可以報名這場比賽。

母親的作品是「短歌」。9項比賽當中都沒有允許短歌參加的比賽，所以母親沒辦法報名。

姊姊的作品是「4コマ漫画」（四格漫畫）。漫畫比賽有2和7。不過7有規定作品要是「40ページから60ページ」（40頁至60頁），四格漫畫的故事內容在四個格子內就結束了，所以不能報名7。不過2沒有限制漫畫種類，再加上職業級和業餘人士都可以報名，所以姊姊可以參加2。

弟弟的作品是「詩」，9項比賽當中沒有允許詩參加的比賽，所以弟弟沒辦法報名。

綜上，父親可以報名6「ベストフォト賞」（最佳照片獎），姊姊可以報名2「日本若手漫画家大賞」（日本漫畫家大獎）。所以全家人只能參加兩場比賽。正確答案是2。

翻譯與解題 ②

✍ 重要文法

【名詞】＋を通じて、を通
して。後接表示期間、範
圍的詞，表示在整個期間
或整個範圍內。

❶ を通じて／を通して

在整個期間…、在整個範圍…

例句 台湾は一年を通して雨が多い。

台灣一整年雨量都很充沛。

✍ 小知識大補帖

▶ 日文原創的片假名略語

片假名略語	原本的說法 （＊為不常使用的說法。原文若無特別說明則為英文）	附註
アニメ 動畫、卡通	アニメーション animation	英語にも逆輸入されている。 此略語也逆向傳入英語。
アマ 業餘、 業餘人士	アマチュア amateur	日本語の「アマ」は英語では "a." や "am" と略し、"ama" とは言いませんが、「プロ」は英語でも "pro" で通用します。 日語的「アマ」在英語簡略為 "a." 或 "am"，而非 "ama"。不過「プロ」（專業人士）在英語講 "pro" 也會通。
アメフト 美式足球	アメリカンフットボール American football	

アングラ 地下的、 違法的	アンダーグラウンド （＊） underground	原義は「地下」だが、日本語の「アングラ」は、商業性を無視した芸術や非合法の組織などに限って使われている。 原意是「地底下」，不過日語的「アングラ」只限於使用在無視商業價值的藝術或非法組織。
インフラ 基礎設施	インフラストラクチャー （＊） infrastructure	
エアコン 空調	エアコンディショナー （＊） air conditioner	
オートマ 自排變速箱	オートマチックトランスミッション（＊） automatic transmission	
カンパ 募捐	略語しか使わない 只當略語使用 （俄）kampanija	原義は「大衆闘争」だが、日本では大衆闘争のための募金の意味で使われ、その後募金活動一般を指すようになった。 原意是「群眾鬥爭」，不過在日本是指為了群眾鬥爭而募款，日後則普遍變為募捐活動的意思。
コンビニ 超商	コンビニエンスストア convenience store	

スパコン 超級電腦	スーパーコンピュータ （一） supercomputer	
スマホ 智慧型手機	スマートフォン smart phone	正式に書くときは「スマートフォン」が多く、「スマートホン」とはあまり書かないが、略称は常に「スマホ」。 正式寫法多為「スマートフォン」，很少會寫成「スマートホン」，不過經常簡稱為「スマホ」。
ゼネコン 承包商	略語しか使わない 只當略語使用 general contractor	
フリーター 飛特族	略語しか使わない 只當略語使用 （英）ｆｒｅｅ＋（德） Arbeiter	
メタボ 代謝症候群	メタボリック症候群 metabolic syndrome	
リストラ 裁員	リストラクチュアリング（＊） restructuring	

▶ 圖畫

今年の4月から絵を習い始めました。
我從今年四月開始學畫。

上田さんは漫画を描くのが上手だ。
上田小姐很擅長畫漫畫。

趣味は絵を見に行った。
我的興趣是繪畫鑑賞。

セザンヌの絵が好きです。
我很喜歡塞尚的畫。

この絵は黄色や茶色や緑などたくさんの色で描かれています。
這幅畫裡用了黃色、褐色、綠色等各種色彩。

この絵は細いペンで描かれています。
這幅畫是以細鋼筆勾勒的。

この画家の絵は白い鳥を描いたものが多い。
這位畫家多半以白鳥為作畫主題。

▶ 攝影

36枚どりのフィルムを3本ください。
請給我三盒每卷 36 張的底片。

天気がいいからフィルムをたくさん持っていこう。
今天陽光普照，我們多帶點底片出門吧！

写真を撮りますから、皆さん、並んでください。
要拍照囉，請大家站近一點。

少し横から撮って。そのほうがきれいに見えるから。
麻煩站到我的側面，這樣拍出來比較漂亮。

カメラにフィルムが入っていますか。
相機裡有裝底片了嗎？

今日はフィルムを10本使いました。
今天用了 10 卷底片。

電車の写真を撮るのが趣味です。
我的興趣是拍電車的照片。

散歩するときはいつもカメラを持って行きます。
我在散步的時候總是會隨身帶著相機。

昔は白黒写真だったが、今はほとんどカラーだ。
以前只有黑白照片，但是現在幾乎都是彩色的。

日本のカメラは安くていいものが多い。
日本製的相機有許多便宜又精良的機型。

フィルムを使うカメラよりデジタルカメラの方が多くなった。
現在比較多人用數位相機拍照，很少人還在用底片相機了。

MEMO

精修版

新制對應 絕對合格！
日檢必背閱讀 [25K]

【日檢智庫20】

- 發行人／**林德勝**

- 著者／**吉松由美・田中陽子・大山和佳子**

- 設計主編／**吳欣樺**

- 出版發行／**山田社文化事業有限公司**
  地址　臺北市大安區安和路一段112巷17號7樓
  電話　02-2755-7622　02-2755-7628
  傳真　02-2700-1887

- 郵政劃撥／**19867160號　大原文化事業有限公司**

- 總經銷／**聯合發行股份有限公司**
  地址　新北市新店區寶橋路235巷6弄6號2樓
  電話　02-2917-8022
  傳真　02-2915-6275

- 印刷／**上鎰數位科技印刷有限公司**

- 法律顧問／**林長振法律事務所　林長振律師**

- 書／**定價　新台幣350元**

- 初版／**2017年 12 月**

© ISBN : 978-986-246-483-0
2017, Shan Tian She Culture Co. , Ltd.

STS

山田社

STS

山田社